불

불

펴낸날 2010년 9월 11일

지은이 이상운
펴낸이 홍정선 김수영
펴낸곳 ㈜문학과지성사
등록번호 제10-918호(1993. 12. 16)
주소 121-840 서울 마포구 서교동 395-2
전화 02) 338-7224
팩스 02) 323-4180(편집), 02) 338-7221(영업)
전자우편 moonji@moonji.com
홈페이지 www.moonji.com

ⓒ 이상운, 2010. Printed in Seoul, Korea

ISBN 978-89-320-2071-6

불

이상운 장편소설

문학과지성사
2010

차례

1

추석이 지나고 첫 토요일, 마지막 수업이 시작되고 10분쯤 지난
뒤였다. 어디선가 희미한 사이렌 소리가 들려왔다. 졸고 있던 나는
멀리서 지나가는 구급차 소리인 줄 알았다. 그러나 그 소리는 금세
엄청나게 커져서 교실 안을 꽉 채워버렸다.

"소방차다!"

어떤 애가 외치는 소리에 나는 정신을 차렸다. 아이들이 우르르
창 쪽으로 몰려가고 있었다. 졸기 전의 내 기억으로는 분명히 앞쪽
출입구 옆에 서 있었던 선생님도 창 가까이에 가 있었다.

"선생님, 창고에 불났어요."

창문에 달라붙은 어떤 애의 소리에 나는 마치 우리 집에 불이 났
다는 말을 들은 것처럼 가슴이 철렁했다. 나는 내 자리에서 꼼짝도
하지 않고 가슴 깊이 숨을 들이쉬었다. 자기 자리에서 엉덩이를 떼

지 않은 아이는 나 외에 서너 명밖에 없었다.

우리 학교는 개교한 지 90년이 넘는다. 그러나 건물은 최신식이다. 7년 전에 모두 허물고 새로 지었기 때문이다.

우리가 창고라고 부르는 건물은 그때 유일하게 살아남은 것으로, 보존을 주장하는 어른들 때문이었다. 작은 무대 장치가 있는 조그마한 목조 건물로 원래는 연극, 음악회, 문학의 밤 같은 행사를 했다고 한다.

하지만 이제 창고도 사라지게 되었다. 주변 땅을 더 보태서, 학생들과 주민들이 함께 이용할 수 있는 복합문화공간을 짓기로 지난봄에 결정했기 때문이다. 그런데 그 건물에 불이 났다.

아이들은 신이 나서 난리였다. 한쪽에서는 "선생님, 구경하러 가요"라고 외쳐댔고, 다른 쪽에서는 "야, 멋있다"라며 자기들끼리 이야기를 주고받고 있었다. 그런가 하면 "선생님, 가까이 가서 보고 싶어요. 꼭요" 하고 징징대는 애들도 있었다.

머리가 조금씩 아파왔다. 왜 안내 방송이 없을까, 생각하며 책상에 엎드렸다. 그러고는 눈을 감고 교실이 아니라 다른 곳에 있다고 상상하려고 애썼다. 기차 창밖으로 보이는 평화로운 가을 들판 같은 것을.

하지만 5초도 안 되어 눈꺼풀 안에 떠오른 건 시뻘건 불꽃이 무섭게 타오르는 화재 장면이었다. 그러면서 그 애가 생각났다. 아빠가 세상을 떠날 때 아빠의 품에 안겨 있었다는 그 애!

눈앞에 번쩍 번개가 치는 것 같았다. 그렇다고 그때 처음으로 내가 그 애를 생각한 건 아니다. 초등학교 5학년 때 외삼촌한테서 처음 그 애 얘기를 들었고, 그 후 아빠가 그리울 때마다 생각하곤 했다. 하지만 모두 그냥 휙 스쳐 지나가는 바람 같은 관심이었다. 내가 다섯 살 때 아빠가 돌아가셨고, 아기가 없던 외삼촌 내외가 늘 내 곁에 있었기 때문에, 아빠에 대한 기억도 그리움도 그런 수준이었으니까.

그런데 이번엔 달랐다. 갑자기 그 애에 대한 모든 것이 궁금해졌다. 이전에 적극적으로 그 애에 대해 생각해보지 않았다는 것과, 아주 오랫동안 그 애를 아예 떠올리지도 않았다는 게 의아스럽게 여겨질 정도였다.

피가 쏠린 탓인지, 눈꺼풀 안에 떠오른 시뻘건 영상 때문인지, 그 애 생각 때문인지 머리가 욱신거렸다. 나는 눈을 떴고 자세를 바로 했다. 아이들은 여전히 창문에 달라붙어서 와글거리고 있었다.

나는 선생님을 찾았다. 선생님은 열린 출입문 근처 복도에서 휴대폰으로 통화를 하고 있었다. 이윽고 선생님이 교실로 들어서며 말했다.

"자자, 애들아! 다들 자리에 앉아, 어서."

애들이 투덜대며 자기 자리에 앉자 선생님이 말을 이었다.

"별일 아니야. 가벼운 불이야. 그래서 대피를 하지 않는 거야."

가벼운 불이라는 말에 갑갑했던 마음이 조금 편안해졌다. 아이들의 웅성거림도 수그러들었다. 그러나 선생님이 "건물도 따로 뚝 떨어져 있으니까 걱정할 것 없어"라고 한마디 더 하자 다시 떠들기 시작했다.

"그러니까 구경하러 가요, 선생님."

"그래요, 선생님. 뚝 떨어져서 구경하면 되잖아요."

"맞아요. 그러면 안전할 거예요."

이 애 저 애 마구 떠들어대는 소리에 선생님은 조금 당황한 것 같았다. 다행히 바로 그때 스피커에서 방송을 알리는 소리가 흘러나왔고, 이어서 교감 선생님의 목소리가 등장했다.

"에, 수업 중인 선생님 여러분, 그리고 학생 여러분⋯⋯"

몇몇 아이들이 "예" 하고 대답한 뒤 킬킬댔다.

"가벼운 화재입니다. 교실 밖으로 나가지 말고 교실에 그대로 있기 바랍니다. 다시 말씀드립니다. 가벼운 화재이니 교실에 그대로 있기 바랍니다. 교실이 오히려 안전합니다."

교감 선생님은 같은 내용을 세 번 반복한 뒤에 말했다.

"이상입니다."

아이들이 여기저기서 "에이" 했다. 마치 큰불이 아니어서 몹시 실망이라는 듯이. 그런 아이들의 반응에 선생님은 빙그레 웃더니 교탁에서 책을 집어 들었다.

"자, 다시 공부해야죠."

선생님이 말했다. 하지만 우리는 다시 공부할 수 없었다. 왜냐하면 선생님의 말이 끝나기 무섭게 어떤 애가 "선생님, 창문으로 구경하면 안 돼요?" 하고 말하면서 꺼져가던 불길이 다시 살아나 순식간에 소란스러워졌기 때문이다.

"허락해주세요, 선생님."

"이런 게 산교육이잖아요."

"소방관 아저씨들이 불 끄는 거 한 번도 못 봤어요."

여기저기서 아이들이 마구 떠들어댔다.

선생님의 얼굴에 갈등하는 빛이 어리더니 의외로 "좋아" 하고 허락하자 아이들이 "꺅" 소리를 지르며 후다닥 창가로 몰려갔다.

"잠깐, 잠깐. 조용히들 해. 조용히."

선생님이 외쳤다.

"창문을 모두 닫아. 창밖으로 고개를 내밀면 안 돼."

선생님은 한숨을 쉬며 아이들을 바라보더니 복도로 나갔다. 나는 선생님을 눈으로 좇다가 국어 교과서를 읽으려고 했다. 하지만 한 글자도 눈에 들어오지 않았다. 마치 아이들이 와글거리는 말들이 국어책에 씌어 있는 것처럼 그 소리만이 의식되었다.

주로 "야, 멋지다"는 말과 "나도 함 해봤으면"이라는 말, 그리고 "야, 재미있겠다!" 같은 말이었다. 그중에서도 "야, 재미있겠다!"라는 말이 가장 많았다. 어떤 때는 감동적인 묘기라도 보는 양 한꺼번에 "우아!" 하고 외쳤다.

나는 화가 나려고 했다.

미친놈들! 불이 났는데 재미라고?

그렇지만…… 나도 그렇게 말하지 않았을까? 아빠가 화재를 진압하다가 순직하지 않았다면.

수업 종료를 알리는 벨이 울렸지만 우리는 한 시간이나 더 교실에 있어야 했다. 아이들은 집으로 전화를 하거나 문자를 날렸고, 시간이 더 지나자 배가 고프다고 난리였다. 선생님도 자주 어디론가 전화를 했는데, 배가 고프기로는 선생님도 마찬가지였을 것이다.

우리가 교실에 갇혀 있는 사이에 소방관 아저씨들의 진화 작업이 끝났다. 파리처럼 계속 유리창에 달라붙어 있던 애들의 중계방송에 의하면 이제 운동장에는 경찰차 한 대와 소방차 한 대만 남아 있었다.

역시 누군가의 중계방송에 의하면 창고는 거의 다 타버렸다. 보존해야 한다, 아니다 필요 없다, 하고 싸우는 바람에 7년이나 더 살아남았지만 지난봄에 마침내 사형 선고를 받은 백 살이 다 되어가던 건축물이 공식적인 처형이 있기 전에 먼저 세상을 떠나버린 것이다.

교실에서 풀려난 아이들은 운동장을 가로질러 갔다. 녀석들은 '접근 금지' 띠 앞에 서서 불타버린 창고를 바라보았다. 그러고는 교정 담장을 따라 빙 돌아서 교문으로 걸어갔다. 마치 무슨 참배 행사라도 하고 있는 것 같았다.

우리 교실이 있는 건물과 창고는 교정에서 가장 멀리 떨어져 있다. 나는 교실이 있는 건물 앞에 서서, 삼삼오오 떼를 지어 시커먼 잿더미로 변한 창고 가까이 갔다가 담장을 따라 교문으로 걸어가는 신이 난 아이들의 긴 행렬을 바라보았다.

"야, 김종운."

이승호가 뛰어나오며 소리쳤다.

"우리도 구경 가자."

다른 아이들과 마찬가지로 녀석도 신이 난 표정이었다.

"싫어!"

"왜?"

"그냥."

"그냥이 뭐야?"

나는 말없이 교문을 향해 걷기 시작했다. 그러자 녀석이 내 가방을 붙잡았다.

"야, 잠깐이면 되잖아."

울컥 화가 치밀었다. 가슴에 불길이 확 피어오르는 것 같았다.

나는 거칠게 뿌리치며 말했다.

"이거 놔, 인마! 넌 불난 게 즐겁냐? 너 혼자 실컷 봐라, 이 멍청아!"

녀석이 놀란 낯으로 멍하니 바라보았다. 승호에게 그런 식으로 화를 낸 건 처음이었다. 나는 돌아서서 걸어갔다. 그런 식으로 나도 모르게 벌컥 화를 내고 보니 뒤숭숭하고 찝찝한 게 말할 수 없이 불쾌했다.

"왜 불이 났을까? 다친 사람이 없어야 할 텐데."

저녁을 먹을 때 엄마가 몇 번이나 말했다. 엄마는 큰길 건너 상가에서 화장품 가게를 하는데, 저녁은 대체로 나와 함께 먹었다.

"다친 사람은 없을 거야 아마. 그냥 잡동사니만 꽉 차 있었으니까. 오죽하면 창고라고 했겠어? 게다가 그 건물만 태우고 꺼졌어."

내가 말하자 엄마가 바로 받았다.

"아무리 작은 불이라도 불은 정말 무서운 거야. 가볍게 생각해서는 안 돼."

나도 엄마 말에 백번 동감이었다. 그래도 딴소리를 해보고 싶었다.

"하지만 애들은 신이 나서 즐거워하던걸. 나하고 몇몇 애들만 심각했을 뿐이야."

"자기 일이 아니니까 그렇지. 불에 대해서 잘 모르기도 할 거고. 철없는 녀석들!"

엄마가 한숨을 쉬고 덧붙였다.

"하긴, 좋은 말은 아니다만 불구경, 싸움 구경보다 재미있는 것도 없다는 말이 있지."

"싸움 구경은 확실히 재미있더라."

엄마는 웃으면서 메추리알 조림을 더 떠 주었다.

나는 부지런히 밥을 먹으며 계속 기회를 엿보았다. 그러다가 엄마가 먼저 숟가락을 놓고 커피를 따랐을 때 그 애 얘기를 꺼냈다.

"엄마, 그 애 말이야……"

"응?"

"여자야 남자야?"

"그 애라니, 누구?"

"아빠 품에 안겨 있었다는 애."

엄마의 표정이 순간적으로 멍해졌다. 무슨 말인지 알아듣지 못한 탓이었다. 그러나 몇 초 뒤에 바로 눈빛이 또렷해지더니 약간 어두운 표정으로 변했다. 엄마는 아빠 얘기가 나오면 대체로 그랬다. 표정이 어두워지고 말수가 적어졌다.

"그냥 궁금해서. 그 애, 여자야 남자야?"

나는 나를 가만히 바라보는 엄마에게 다시 물었다.

"글쎄, 나도 모르겠네."

엄마가 내 눈을 피하며 말했다.

"정말이야?"

"응. 몰라."

엄마는 커피를 한 모금 마셨다.

"걔는 아빠를 알고 있을까?"

"글쎄다. 너도 기억을 못하는데……?"

"당연히 기억이야 못하겠지. 하지만 걔네 엄마 아빠가 말해줬을 수도 있잖아? 걔가 어떻게 해서 살아났는지."

엄마는 아련한 표정이 되어 나를 가만히 바라보았다.

"너, 이런 거 안 물어봤잖니?"

엄마가 말했다.

"오늘은 특별한 날이잖아."

"뭐가?"

"백 살이 다 되어가던 창고가 잿더미가 되어버렸잖아."

엄마가 살짝 웃었다.

"애들이 창문에 달라붙어서 구경하고 있을 때 난 책상에 엎드려 있었어. 그때 갑자기 그 애 생각이 났어."

"그랬니?"

"응. 생각하고 보니까 정말 궁금해졌어."

"하지만 다 지난 일이야. 엄마도 아는 게 아무것도 없고."

엄마가 잔잔한 미소를 띠고 말했다.

나는 더 이상 묻지 않았다.

2

토요일 일요일 내내 그 애를 생각했다. 하지만 생각한다고 할 수도 없었다. 생각할 거리가 없었으니까. 그저 내 머리 한쪽에 가로등 같은 게 내내 켜져 있는 것과 비슷했다. 물론 가로등은 그 애를 말한다.

덩달아서 아빠도 생각했다. 하지만 아빠에 대해서도 다를 게 없었다. 아빠에 대해서도 기억이 거의 없으니까. 아니, 전혀 없다고 해도 틀린 말이 아니니까. 어릴 때부터 이따금 소방관 제복이나 화재 진압복에 헬멧을 착용한 아빠를 그려보곤 했다. 그러나 그건 기억 속의 아빠가 아니었다. 사진으로 본 아빠와 TV 같은 데서 본 다른 소방관 아저씨들이 합성된 것이었다.

이틀 사이에 그 애에 대한 궁금증이 엄청나게 커졌다. 당장 답을 구할 수 없어서 더 그런 것 같았다. 도대체 그 애는 지금쯤 어디에서 어떤 모습으로 살고 있을까? 나는 내 머릿속의 가로등에게 묻고 또 묻기만 했다.

내가 그러는 사이에 우리 학교 애들도 뭔가를 생각하느라고 바빴다. 그 애들도 머리에 불이 나고 있었다. 월요일에 등교해서 보니 애들이 지른 불이 여기저기서 피어오르고 있었다.

애들은 월요일에 등교할 때도 담장을 따라 돌아가서 잿더미가 된 창고를 한번 구경하고는 교실로 갔다. 하지만 나는 불에 탄 창고에는 눈길 한번 주지 않고 재빨리 운동장을 가로질러 갔다. 나는 그 잿더미를 보고 싶지 않았다.

우리 교실이 있는 건물로 들어가 2층 복도로 들어서니 승호가 한민혜와 안수정을 상대로 불을 피우고 있었다. 내가 나타나자 녀석은 입을 다물었다. 지난 토요일, 녀석에게 화를 낸 것 때문에 내 얼굴에 열이 났다. 녀석도 다른 때라면 나한테 뭐라고 한마디 웃기는 소리를 했을 텐데 그냥 시무룩하게 쳐다보기만 했다.

나를 보고 웃으며 인사를 한 건 민혜와 수정이었다. 민혜는 목소리를 낮춰서 나를 부르더니 잠깐 보자고 손짓을 했다. 나는 뒷문 바로 옆의 내 자리에 가방을 내려놓고 잠시 서 있었다. 혹시 내가 승호에게 화를 낸 걸 얘기하고 있었던 게 아닐까 싶어 마음이 살짝 무거워졌다.

"종운이 너도 들었어?"

내가 조금 긴장한 채 다가가자 수정이가 말했다.

"뭘?"

"누가 창고에 불을 지른 거 같대."

내 얘기를 한 게 아니었다. 나는 긴장을 풀며 바로 그런 내용의 불을 지르고 있었던 승호를 보았다. 녀석이 처음으로 나를 향해 어색하나마 조금 웃었다. 나도 슬쩍 웃어주었고, 그것으로 토요일 일이 다 해결된 거라고 내 마음대로 생각했다. 하지만 누군가가 불을 질렀다는 얘기가 새롭게 나를 불편하게 했다. 마치 목구멍에 생선 가시가 걸린 것 같았다.

"누가 그래?"

내가 묻자 수정이가 대답했다.

"승호가."

"정말이야. 방화래. 어떤 애가 그랬어."

승호가 자신만만하게 수정이의 대답에 이어 말했다.

"그게 누군데?"

승호는 말을 하려다가 갑자기 입을 다물었다.

"그게 말이야……"

녀석이 실실 웃으며 우물거렸다.

민혜와 수정이와 나는 녀석이 말을 이어주기를 기다렸다. 그러나 녀석은 계속 그냥 웃기만 했다. 순간, 녀석이 민혜와 수정이에게 잘난 척하느라고 멋대로 지껄인 게 아닐까 하는 의심이 들었다. 무슨 이유에서인지 그 의심은 바로 확신이 되었다.

"야, 너 거짓말한 거지?"

내가 불쑥 말하자 승호가 흠칫했다.

"아, 아니야, 인마."

"아니긴 뭐가 아니야?"

"마, 말하지 말라고 해서 그래."

녀석이 더듬는 걸 보니 내 판단이 확실하구나 싶었다. 나는 화가 났고 기분이 나빠졌다. 하지만 승호도 승호대로 화가 나서 나를 노려보고 있었다.

"왜 말하지 말라는 거래?"

우리 둘을 가만히 지켜보고 있던 수정이가 끼어들었다.

승호는 한숨을 쉬더니 또박또박 말했다.

"걔네 아빠가 엄마한테 하는 말을 엿들은 거라고 했어. ……됐어?"

"걔네 아버지가 소방관이니?"

이번엔 민혜가 나섰다.

승호는 자신이 우리 세 사람으로부터 갑자기 의심을 받게 되었다는 게 믿을 수 없다는 표정이었다.

"아니야."

승호는 강하게 고개를 저었다.

"그럼, 경찰이니?"

"아니."

"뭐야, 그럼?"

"혹시, 우리 학교 선생님?"

다시 수정이가 바통을 이어받았다.

그 순간 나는 얼굴이 뜨겁게 달아올랐다. 정말 그럴 것 같았기 때문이었다. 하지만 승호가 아니라고 하여 나는 가슴을 쓸어내렸다.

"그럼 뭐야, 인마?"

다시 힘을 얻은 나는 목소리를 높였다.

녀석이 좌우를 돌아보았다.

"조용히 해, 자식아."

"왜? 딴 애들이 들으면 안 되는 거야? 거짓말이어서?"

녀석의 얼굴에 피가 몰리며 마치 불이 난 것처럼 새빨개졌다.

"거짓말 아니야. 거짓말 아니라고 했잖아, 자식아!"

녀석이 버럭 소리를 질렀다.

나는 물론 수정이와 민혜도 동시에 움찔했다.

"얘가, 왜 소리는 지르고 그래?"

수정이가 민혜의 팔을 잡으며 말했다.

"이 자식이 자꾸 거짓말이라고 하니까 그렇지."

녀석이 나를 노려보며 말했다. 그런 다음엔 수정이와 민혜 쪽으로 눈길을 돌리더니 계속했다.

"야, 애들한테 이 얘기 하지 마. 알았지? 거짓말 아니야."

수정이와 민혜는 반신반의하는 눈빛이었다.

"어서 대답해."

"알았어, 그러지 뭐."

민혜가 대충 대답했다.

둘이 교실로 들어가고 나자 녀석이 내게 불을 뿜었다.

"야, 사과해!"

"뭘 사과해?"

"거짓말이라고 했잖아, 자식아."

나는 입을 닫고 가만히 있었다. 녀석의 말이 정말일 수도 있겠다 싶었다. 가끔 여기저기 떠도는 말을 제멋대로 과장해서 떠들긴 했지만, 그럴 때는 바로 웃으면서 이실직고를 하곤 했다. 그런 얘기들은 대부분 농담이거나 재미로 하는 말이었다. 끝까지 자기가 옳다고 버티는 걸 보면 장난으로 하는 얘기가 아닌 것 같았다.

문득 내 자신이 짜증스러웠다. 불과 몇 초 몇 분 사이에 이리저리 왔다 갔다 하고 있는 내가 한심스러웠다.

"어서 사과 안 해?"

녀석이 말했다.

"좋아."

"뭐?"

"좋다고."

"좋긴 뭐가 좋아, 사과하라니까."

"네 말이 사실로 밝혀지면 사과할게. 됐어?"

나는 솔직하게 말했다.

"좋아. 진작 그럴 것이지, 자식이."

녀석의 얼굴에 금세 평소의 웃음이 떠올랐다.

"너도 애들한테 얘기하지 마. 알았어, 인마?"

녀석이 덧붙였다.

약간 자존심이 상한 채로, 또 그건 내 마음이지 자식아, 하고 생각하며 "알았어, 자식아" 하긴 했지만, 녀석의 말을 다른 애들에게 옮길까 말까 고민할 기회도 필요도 없었다. 우리가 몰랐을 뿐이지 이미 사방에서 똑같은 불길이 피어오르고 있었다. 조회 시간에 한 아이가 그 얘기를 했다.

"선생님, 누가 창고에 불을 질렀다는 게 사실이에요?"

그 말이 떨어지기가 무섭게, 나란히 붙어 앉아 있던 민혜와 수정이가 함께 돌아보았다. 둘은 나와 승호를 번갈아 쳐다보며 자기들이 얘기한 게 아니라고 고개를 저었다.

"도대체 누가 그런 얘기를 해? 어디서 들었어?"

담임 선생님이 질문을 한 아이에게 되물었다.

"학교로 오는데 아이들이 그러던데요?"

그 애의 말이 다 끝나기도 전에 선생님이 말했다.

"헛소문이야."

선생님은 단호했다.

"아직 조사 중이야. 조사 끝나면 발표가 있을 거야. 어차피 허물어야 될 건물이고, 별 사고 없이 불도 껐으니까 너희가 걱정할 건 아무것도 없어. 그러니까 괜히 이러쿵저러쿵 쓸데없는 소리들 하지 마라. 알았니?"

몇몇 아이들만 "예" 하고 대답했을 뿐, 대부분의 아이들은 실망이라는 듯 반응을 보이지 않았다. 나는 승호에게 사과할 일을 생각하고 있었다. 순간적인 의심에 사로잡혀 녀석을 거짓말쟁이로 몰아붙인 내가 부끄러웠다.

하지만 누군가 창고에 불을 질렀다는 소문은 전교생에게 퍼져 나갔다. 반나절도 안 되어 새로운 내용까지 추가되었는데, 불을 지른 사람이 학생이라는 것이었다.

그 소문은 바람 부는 날의 들불처럼 삽시간에 확 퍼졌다. 아이들은 마치 코앞에 다가온 생일이나 여행에 대해 얘기하듯이, 혹은 정말로 남의 집에 난 불구경을 하듯이 즐거워했다.

수업이 끝나고 함께 교실을 빠져나온 승호와 수정이와 민혜도 그 얘기를 했다.

"정말일까?"

수정이가 말했다.

"선생님이 헛소리라고 하셨잖아."

내가 말하자 승호가 나섰다.

"난 정말일 거 같아."

"너, 또 뭐 들은 거 있어?"

민혜가 물었다.

"그건 아니지만, 뭔가 느낌이 그래. 왜 불이 났는지 발표가 없는 것도 이상하고."

"나도 그건 그래."

수정이가 동의했다.

"실제로 화재 원인을 못 찾았을 수도 있잖아?"

내가 의문을 표하자 승호 녀석이 바로 반박했다.

"내 생각엔, 누군가 불을 질렀다는 건 이미 알아냈을 수도 있어."

"그런데?"

민혜가 묻자 승호가 말을 이었다.

"그게 누군지 못 잡은 거지. 그래서 아무 말이 없는 거야."

녀석은 마치 확실한 사실을 말하는 듯이 굴었다. 무슨 이유인지 민혜와 수정이도 녀석의 말을 수긍하는 듯한 기색이었다.

"하지만 학생이 왜 불을 질러?"

나는 또 승호에게 의문을 표했다.

"그거야 나도 모르지, 자식아. 그냥 지를 수도 있지 뭐. 불장난하면 재미있잖아."

녀석은 대수롭지 않다는 듯 실실 웃으며 말했다.

나는 진지한 분위기가 깨지는 게 싫었다. 그래서 승호에게 한마디 해주려고 했다. 그러나 수정이가 어렸을 때 성냥을 가지고 놀다가 머리카락을 태울 뻔한 일을 까르륵대며 얘기하는 바람에 입을 닫을 수밖에 없었다.

수정이가 얘기를 끝내자 민혜까지 나섰다. 민혜는 요즘도 시골 할머니 댁에 가면 아궁이에 장작을 때는데, 어릴 때는 남동생이랑 불이 붙은 부지깽이로 칼싸움을 하고 놀았다고 했다.

셋은 우리 아빠가 화재를 진압하다가 세상을 떠났다는 사실을 알지 못했다. 초등학교 5학년 가을에 이사를 한 뒤, 나는 누구에게도 그 얘기를 하지 않았다.

나는 우리들 중의 누군가가 불을 질렀다는 소문을 믿고 싶지 않았다. 그건 너무나 바보 같은 짓이 아닌가!

"야! 너 불이 얼마나 무서운 건 줄 알아?"

나는 신이 나 있는 승호에게 말했다.

"그러니까 재미있지 자식아."

녀석이 물어줘서 고맙다는 듯 대꾸했다. 그러고는 다시 불장난에 대해 떠들어댔다.

"뭐 기분 나쁜 일 있니?"

내가 걸음을 늦춰 약간 뒤로 처져 있자 민혜가 힐끗 돌아보더니 나와 나란히 줄을 맞추며 말했다.

"그냥. 좀 짜증이 나서."

"왜?"

"글쎄, 뭐, 다들 막…… 아니야, 별거 아니야."

나는 고개를 저으며 민혜를 향해 애써 조금 웃어주었다.

우리는 교정을 벗어났다. 밤에 학원에서 만나자는 말을 인사로 주고받았다. 그리고 수정이는 왼쪽으로, 민혜는 길 건너 앞쪽으로, 승호와 나는 오른쪽으로 집을 향해 흩어졌다.

승호가 깔깔대면서 뭐라고 계속 떠들었다. 나는 치밀어 오르는 화를 꾹 눌러 삼키며 대충 대꾸하는 시늉만 했다. 그래도 녀석은 혼자서 마치 불장난이라도 하듯이 잘 놀았다.

녀석과 헤어진 나는 심호흡을 하면서 화를 가라앉혔다. 그러면서 화가 치밀어 폭발할 것 같은 때를 생각했다. 그럴 땐 꼭 온몸에 불이 난 것 같아진다. 실제로 활활 타오르는 불처럼 온몸이 뜨거워지고, 내 마음에 들지 않는 모든 걸 태워버리고 싶어진다. 재가 되어 아무것도 남지 않을 때까지, 모든 것을 다 태워버리고 싶어진다.

  불은 사람 속에도 있는 것 같다.

3

　겨울이 끝나가던 2월 어느 날 오후, K동의 오래된 재래시장 옆 2층 짜리 건물에 불이 난다. 군대 막사처럼 생긴 기다란 건물이다. 2층 이지만 옥상에 가건물이 잔뜩 들어서 있어 3층처럼 보인다.

　건물 내부에는 작은 규모의 섬유 가공업체가 밀집해 있다. 의복 의 특정 부분, 인형 소재, 청소 대걸레용 실, 가느다란 리본 등 완 제품을 위한 각종 재료를 만든다. 복도에도 천이 쌓여 있고, 집집마 다 합판으로 공간을 나누어 사용한다. 다들 살림집을 겸하고 있어 서 내부는 미로 같다.

　건물은 한쪽에서만 드나들 수 있는데, 화재가 발생한 그날 오후 세시쯤, 입구에서 3분의 2 지점의 1층 천장에 노출된 전선에서 불 꽃이 튄다. 불꽃은 천장 높이까지 쌓여 있던 솜 더미의 몇 가닥 솜 털에 옮겨 붙는다.

처음에 불은 아주 작았다. 마치 병아리처럼 귀엽기까지 했다. 그러나 불은 금방 자라나 거구로 변한다. 거구는 걸신처럼 산소를 들이마시고, 각종 섬유와 합판을 집어삼키며 끔찍한 괴물로 변한다. 순식간에 괴물의 팔다리가 수천 개로 늘어나고, 사람들은 비명을 지르며 우왕좌왕한다.

엥엥 소리를 내며 소방차가 달린다. 화재 진압복을 입고, 신발과 장갑을 착용하고 헬멧을 쓴 아빠도 달려간다. 순식간에 소방차 10여 대가 모여들지만 도로가 좁아서 진입에 애를 먹는다. 소방관 아저씨들이 소방 호스를 끌고 건물을 향해 한참 뛰어가야 한다.

입구 쪽의 일부 1층 사람들은 아직도 건물 안에 있다. 그들은 집히는 대로 물건들을 창밖으로 내던진다. 소방관들이 강제로 그들을 끌어낸다. 이미 건물을 빠져나온 사람들이 발을 동동 구르고 있다.

미처 빠져나오지 못한 사람들이 있다는 얘기가 떠돈다. 아빠와 대원들이 소방 호스를 끌고 건물 내부로 진입한다. 건물 안에 사람들이 있는지 확인하고, 발화 지점을 찾기 위해서다.

그동안 밖에서는 소방관들이 창문을 깨고 물을 뿌린다. 열기로 인해 수증기가 피어오른다.

건물 안은 이미 뜨거운 연기로 가득하다. 내부로 진입한 대원들이 보고를 한다. 보고를 받은 대장은 다른 대원들을 옥상으로 올려보낸다. 지붕에 구멍을 뚫어 불길을 뽑아내기 위해서다.

바로 그때 프로판 가스통이 폭발한다. 폭발은 연달아 세 번 일어난다. 유리창이 깨지고 옥상의 가건물들이 흔들린다. 갑자기 시뻘건 불길이 창문마다 넘실댄다. 사방에서 소방 호스가 물을 뿜고, 하얀 수증기가 자욱하게 일어난다.

건물이 붕괴할 것 같다는 보고가 들어온다. 대장은 내부로 진입한 소방관들에게 빨리 철수하라고 명령을 내린다. 그리고 2분 뒤, 불이 난 쪽, 그러니까 건물의 동쪽 절반이 비스듬히 무너져 내린다. 먼지와 연기와 수증기가 바로 옆 시장 골목으로 퍼져간다.

소방 호스의 물길이 더욱 많아진다. 이제 불이 난 건물에 인접한 다른 건물들에도 물을 뿌린다. 그쪽으로 불이 옮겨 붙을 수도 있기 때문이다. 시장 사람들도 모두 나와 자기 집에 물을 뿌린다.

건물로 진입했던 대원들이 검댕투성이로 빠져나온다. 그들은 폭발 때 발생한 거센 바람에 의해 내동댕이쳐졌다. 다행히 불길이 그들을 덮치지는 않았다. 하지만 함께 밖으로 나왔어야 할 아빠가 보이지 않는다.

조금 뒤, 건물 입구에서 대기 중이던 대원 두 명이 아빠를 찾아 안으로 들어간다. 두 사람은 뜨거운 연기를 헤치고 조금씩 전진한다.

15분 뒤, 마침내 소방관 한 명이 쏜 불빛 속으로 아빠의 모습이 들어온다. 아빠는 산소마스크를 쓴 아이(네 살)를 품에 안은 채 콘크리트 기둥에 깔려 있다. 아빠를 발견한 소방관 아저씨가 들것을 요청하는 무선을 보내고 아빠 얼굴에 자기 산소마스크를 씌운다.

다행히 아빠를 구하러 간 두 명의 대원과 들것을 들고 들어간 대원들 그리고 아빠와 그 애는 추가 피해를 입지 않고 건물 밖으로 빠져나온다. 하지만 머리에 심한 상처를 입은 아빠는 병원에 도착하기 전에 숨졌고, 아빠 품에서 발견된 아이만 살아났다.

건물은 거의 전소되었다. 그러나 소방관들의 헌신적이고 지혜로운 작전으로 인접 건물들은 거의 피해를 입지 않았다.

인터넷으로 옛날 신문을 샅샅이 뒤져서 알아낸 것들이다. 하지만 기사 꼭지도 몇 개 안 되고 내용도 별게 없어서 많은 부분을 상상으로 채워야 했다.

아빠는 어떻게 해서 그 아이를 구하게 되었을까? 그런 건 알 수 없다. 그런 것이야말로 단지 상상으로 채울 수 있을 뿐이다.

폭발이 있을 때 아빠도 동료 아저씨들처럼 폭풍에 날려서 어딘가에 떨어졌을 것이다. 그때 정신을 잃었고, 그래서 다른 대원들처럼 밖으로 나오지 못했을 것이다. 하지만 아빠를 구출하기 위해 다시 진입한 두 대원에게 발견되었을 때 아이를 품에 안고 있었다니까 그사이에 깨어났을 것이다……………………………………
……………………………………………………………………………
……………………………………………………………………………
………… 열기와 연기 속에서 아빠가 소방 호스를 따라 힘겹게 움직이고 있다. 그러다가 그 애를 발견한다. 그 애는 정신을 잃고 늘어져 있다. 아빠가 그 애를 안아 올린다. 신선한 공기를 마시게 해 준다. 아빠는 등에 진 탱크의 공기를 아이와 나눠 마시며 힘겹게 소

방 호스를 따라 움직인다.

그때 콘크리트 기둥 하나가 무너지며 아빠를 덮친다. 아빠는 머리를 강하게 얻어맞으며 그 기둥에 깔린다. 아빠는 빠져나오지 못한다. 안간힘을 써보지만 빠져나올 수 없다. 머리를 심하게 다쳤다는 걸 깨닫는다. 금세 정신이 희미해진다. 아빠는 산소마스크를 아이 얼굴에 덮어씌우고 정신을 잃는다……………………
………………………………………………………………………………………
……………………………………………………………………………………………
……… 아빠가 탈출하려고 애쓴다. 뜨거운 연기 때문에 방향을 가늠하기 어렵다. 폭발의 충격으로 헬멧이 날아가버려 불을 켤 수가 없다. 소방 호스를 찾아 바닥을 더듬으며 움직인다. 그러다가 그 애를 발견한다. 그 애는 천 더미 틈에 꼭 끼인 채 늘어져 있다. 아빠가 그 애를 안아 올린다. 아이는 살아 있다.

아빠는 필사적으로 입구를 찾아 움직인다. 그때 콘크리트 기둥 하나가 무너지며 아빠를 덮친다. 아빠는 머리를 다치고, 무거운 기둥에 깔린다. 아이가 울며 아빠에게 달라붙는다. 아빠는 안간힘을 써본다. 소용없다. 아빠는 빠져나오지 못한다. 갑자기 머리가 깨지는 것 같다. 금세 정신이 희미해진다. 아빠는 우는 아이의 얼굴에 간신히 산소마스크를 덮어씌우고 정신을 잃는다……………
………………………………………………………………………………………
……………………………………………………………………………………………
………………

비슷비슷한 상상을 여러 번 해보았다. 확인할 길이 없으니까 내가 할 수 있는 건 상상뿐이었다.

그 당시 아빠의 동료 소방관 아저씨들을 찾아보면 도움이 되겠지? 하지만 엄마가 싫어할 것 같았다. 엄마를 불편하게 하면서까지 그 일에 매달릴 생각은 없었다.

내 기억엔 아빠가 세상을 떠나고 난 뒤 얼마 동안은 소방관 아저씨 몇 분이 가끔 찾아오곤 했었다. 그러나 어느 때부턴가 그들이 내 기억에서 사라졌다. 엄마가 더 이상 그들을 만나지 않았다는 얘기다. 그 아저씨들이 자꾸만 아빠를 생각나게 해서였을까? 아마 그럴 것이다.

엄마가 사이렌 소리를 몹시 싫어하는 것도 그 때문일 것이다. 엄마는 병원 앰뷸런스의 사이렌 소리도 싫어한다. 길을 가다가 사이렌 소리가 들리면 아무 소리도 못 들었다는 듯이 슬그머니 다른 쪽으로 방향을 틀어버린다.

초등학교 5학년 때쯤부터 엄마의 그런 모습이 내 눈에 들어오기 시작했다. 그 전에는 더 심했을 것이다. 하지만 어렸던 나는 미처 알아차리지 못했다. 엄마는 자신의 그런 모습을 내가 모르게 하려고 차분하게 행동했다. 그러나 나는 점차 그런 엄마의 마음까지도 읽게 되었다.

엄마만 그런 게 아니다. 나도 엄마만큼은 아니지만 사이렌 소리에 조금 민감하다. 그 소리를 들으면 심장 박동이 빨라지고 가슴이 갑갑해진다. 내가 제일 싫어하는 뉴스가 화재를 진압하다가 소방관 아저씨가 숨졌다는 것이다. TV뉴스를 잘 보지 않지만, 어쩌다가 그런 뉴스가 나오면 바로 채널을 돌려버린다.

그런 내가 아빠에 대한 기사를 샅샅이 뒤졌다. 처음엔 무척 긴장했고, 나중엔 별 내용이 없어서 꽤 실망했지만, 그림을 그리듯이 이렇게 저렇게 아빠와 그 애를 상상해보면서 이상하게도 마음이 오히려 편안해졌다.

그 애를 만나보고 싶었다. 그 애가 여자인지 남자인지, 그 애가 어떻게 생겼는지, 그 애의 부모가 어떤 사람들인지 알고 싶었다.

4

백 살이 다 되어가던 창고가 잿더미가 된 지 꼭 일주일 뒤 토요일 오후, 나는 마침내 그 애를 찾아 나섰다.

처음으로 둥지를 떠나는 새의 기분을 알 것 같았다. 낯선 곳으로의 여행길에 나설 때처럼 무척이나 즐겁고 설레면서도 뒤숭숭하고 불안했다.

복도를 지나 엘리베이터를 타고 아래로 내려가는 것도, 경비 아저씨와 인사를 주고받는 것도, 며칠 남지 않은 맑고 푸른 9월 하늘도, 내 가슴으로 가득 들어오는 흙냄새 나는 포근한 공기도, 너무나 익숙하면서 동시에 새삼스러웠다.

지하철이 움직이기 시작하자 정말로 여행을 떠나는 것 같았다. 그 느낌이 재미있고 새로웠다. 왜 평소에 지하철을 타고 내릴 때는 이런 느낌이 조금도 없었을까?

머릿속으로 여러 가지 생각들이 흘러갔다. 그러면서 지하철을 한 번 갈아탔고, 집을 떠난 지 한 시간 조금 못 되어 목표 역에 도착했다.

그때 휴대폰이 울렸다. 화면에 '엄마'라고 떠올라 있는 걸 보니 가슴이 뛰면서 이상한 느낌이 들었다.

"어디야, 아들?"

엄마가 말했다.

"지하철."

"지하철이라니? 소화 좀 시키고 들어온다더니?"

엄마는 조금 놀란 음성이었다.

"나온 김에 애들이랑 놀다가 들어가려고."

나는 준비해둔 대사를 꺼냈다. 그러자 그 이상한 느낌이 정체를 드러냈다.

"얘가 지금 무슨 소리야? 오늘 사진 전시회 가기로 했잖아?"

정신이 번쩍 들었다.

"앗, 깜빡했어, 엄마. 미안해."

정말 깜빡해버렸다. 사진 전시회는 외삼촌의 대학 선배 아저씨가 여는 것이었다. 엄마와 함께 가기로 했는데 까맣게 잊어버렸다. 나를 찍은 사진도 여러 점 있다고 했는데.

엄마는 말이 없었고, 나는 얼굴이 조금 뜨뜻해졌다. 집을 나설 때 정작 내가 걱정한 것은 어쩌면 엄마한테 거짓말을 해야 할지도 모른다는 것이었다. 내가 다녀올 동안 연락이 없으면 괜찮지만, 엄마가 전화를 하면 거짓말을 하지 않을 수 없는 것이다. 사진작가 아저씨는 생각도 하지 못했다.

"미안해, 엄마. 일부러 그런 거 아니야. 며칠 전에도 내가 먼저 얘기했잖아."

지하철이 멈췄고, 나는 플랫폼으로 나왔다.

"거기 어디니?"

엄마가 가라앉은 목소리로 물었다.

"좀 먼 데야."

다시 잠시 말이 없었다.

"너, 정말 일부러 이러는 거 아니지?"

그 말을 들으니 더 미안해졌고 얼굴이 더 뜨뜻해졌다.

"일부러 이러는 거 아니야. 절대로."

나는 힘주어 말했다.

그 아저씨는 1년 내내 여행을 다니면서 사진을 찍는다. 스스로를 아마추어라고 말하는 친절하고 멋있는 분인데, 외삼촌의 절친한 대학 선배이고 독신이다. 아빠가 돌아가시고 3, 4년 뒤부터 내 눈에 띄기 시작했는데, 나로서는 외삼촌 다음으로 편안한 남자 어른이다.

"엄마가 원하면 내가 아저씨한테 전화할게."

나는 목소리를 더 높여 덧붙였다.

"정말이야?"

"그럼, 정말이지."

엄마가 잠시 사이를 두었다가 말했다.

"아니야, 그럴 거까진 없어. 너……"

지하철이 다시 출발하면서 엄마 목소리가 들리지 않았다.

"뭐라고?"

나는 벽 쪽으로 돌아서서 손으로 입을 감싸며 말했다.

"저녁은 어떡할 거냐고? 맛있는 거 사주실 텐데."

엄마가 목소리를 높였다.

"애들이랑 알아서 먹을게."

나도 목소리를 높였다.

"이번만 봐준다."

"고마워, 엄마."

지하철이 플랫폼을 빠져나가며 소음이 잦아들었다.

"놀러 가더라도 미리 전화를 했어야지."

엄마가 다시 말했다.

"내가 완전 잘못했어. 바보 멍청이야."

"아니야, 넌 똑똑한 애야."

엄마의 웃는 소리를 들으니 마음이 편해졌다.

"놀려면 재미있고 화끈하게 놀다 와."

"알았어, 엄마. 고마워."

뭔가 한 건 해낸 것 같은 기분이 들었다. 하지만 그 기분은 오래

가지 않았다. 사람들 틈에 끼어 플랫폼을 걷고 에스컬레이터에 실려 1층으로 올라가 개찰구 앞에 줄을 섰을 때 끝났다. 엄마를 속여 넘긴 걸 만족스러워하다니, 멍청이가 따로 없었다.

　나는 승호에게 전화를 걸었다. 최소한 엄마한테 백 퍼센트 거짓말을 한 건 아니게 만들기 위해서였다. 그래 봤자 완전히 달라지지는 않겠지만, 그래도 애들하고 놀 거라고 한 말은 사실이 될 테니까.

　"야, 이승호."

　"왜?"

　"이따가 나랑 놀자. 저녁 사줄게."

　하지만 그놈은 별 도움이 되지 못했다.

　"엄마랑 김밥 싸야 돼."

　녀석이 말했다.

　"그럼 김밥 싸 가지고 나와. 내가 맛있게 먹어줄게."

　"안 돼. 엄마한테 찍혔어. 점수 따야 돼."

　"알았다, 자식아. 김밥 말고 나서 시간 남으면 창고에 불 지른 놈이나 잡으러 나서지그래?"

　"자식, 심심하냐? 민혜한테 전화해보지그래? 너네 둘이 좋아하지 않니?"

　"웃기고 있네. 끊어, 인마!"

　"이따가? 왜? 뭐 할 얘기 있어?"

　다행히 민혜는 김밥을 말 계획도 생각도 없었다.

"거기…… 병원 옆에 새로 생긴 피자 가게 있잖아."

"응."

"거기 피자 맛있더라. 먹어봤어?"

"아니, 아직."

"뜨거운 아궁이에다 작은 조각으로 구워서 팔아. 그거 먹자고. 나 지금 밖인데 저녁 먹고 들어가야 하거든. 혼자서 먹는 것보다 둘이 먹으면 더 맛있잖아."

민혜는 잠시 생각하는 눈치더니 시원스럽게 말했다.

"좋아. 이따가 봐."

나는 약속 시간과 장소를 말하고 전화를 끊었다. 그렇게 해서 엄마를 완전히 속인 건 아닌 것으로 만들 수 있었다. 나는 조금은 홀가분해진 마음으로 계단을 오르기 시작했다.

K동의 그 시장은 여전히 자리를 지키고 있었다. 별로 변하지도 않은 것 같았다. 새롭게 단장한 흔적이 있긴 했지만 시골 분위기가 났다. 그리고 화재 당시와 마찬가지로 여전히 2층이었다.

시장은 보통 가운데에 긴 통로가 있고 그 통로를 따라 양 옆으로 가게들이 다닥다닥 들어서 있는데, 그곳은 달랐다. 기다란 통로가 있는 건 똑같았다. 하지만 그 통로의 한쪽으로만 가게들이 쭉 이어져 있었다.

통로가 시작되는 지점의 왼편에 빌딩이 있었다. 7층인데, 보통 건물들에 비해 폭이 좁고 좀 길쭉했다. 위치와 모양으로 보아 불이 난 건물이 있던 곳이 분명했다. 시장 쪽에서는 빌딩의 뒷모습이 보였는데, 건물과 시장 통로 사이 한쪽에 조그만 정원이 있었다.

나는 정원으로 들어가보았다. 등받이가 높은 깨끗한 나무 벤치와 잔디가 있는 동그란 공간으로 무척 마음에 들었다. 불만스러운 점이라면 벤치에 앉아 있는 아저씨들이 다들 담배를 피우고 있다는 것이었다.

"이 건물은 언제 지었어요?"

나는 재빨리 목적을 달성하고 담배 연기로부터 벗어나기 위해, 손가락 사이에 불붙은 담배를 끼운 채 스포츠신문을 들여다보고 있는 젊은 남자에게 물어보았다.

"이 건물? 어……"

그는 바로 대답하지 않고 진지한 표정으로 시간을 끌더니 바보처럼 샐쭉 웃으며 모르겠다고 했다. 그 남자는 다시 고개를 숙이고 스포츠신문 연구에 들어갔다. 모르면 바로 모른다고 할 것이지, 개폼은!

나는 나이가 약간 더 들어 보이는 다른 아저씨를 찍었다. 하지만 어쩐지 그 아저씨도 모를 것 같은 예감이 들었다. 모두가 너무 젊어 보였다. 정원 벤치에는 나이 든 사람이 한 명도 없었다.

나는 빌딩의 둥근 정원을 빠져나가 시장 길로 들어가서 쭉 걸어갔다. 1층에는 음식점, 채소 가게, 식료품 가게, 술집 등이, 2층에는 치킨 가게에서부터 옷 수선 가게까지, 아래위로 헤아릴 수 없을 정도로 다양한 가게들이 줄지어 있었다.

통로의 끝까지 갔다가 돌아 나오며 역순으로 하나하나 가게들을 헤아리다 보니 어느새 빌딩의 둥근 정원으로 돌아와 있었다. 그때, 내가 지금 뭘 하고 있는 거야, 하는 의문이 들면서 멍청이라는 말이 절로 나왔다. 나는 벤치에 앉아서 가만히 생각을 정리한 뒤에 스스로에게 물어보았다.

'내가 만약 탐정이라면 이럴 때 어떻게 할까?'

곧 답이 나왔다.

'글쎄, 일단 사람들에게 물어보지 않을까?'

'하지만 무엇을?'

'그냥 이것저것.'

'왜?'

'말하다 보면 힌트를 얻을 수 있을 테니까.'

'그런데 누구에게 묻지?'

2, 3분쯤, 나는 줄지어 서 있는 작은 음식점들을 바라보았다. 그러던 어느 순간 캄캄하던 머릿속에 팍, 하고 불이 켜졌다. 나는 웃으며 일어섰다. 답은 가까이에 있었으며 너무도 쉬웠다. 바로 그 음식점들의 주인아주머니들에게 물어보는 것이다.

그런데 어떤 집을 골라야 하지? 그것 역시 너무도 쉬운 질문이었다. 시장에서 오랫동안 장사를 해온 나이 많은 아주머니나 할머니가 있는 음식점이다. 그런데…… 어떻게 그런 집을 찾지? 어, 그건…… 하고 대답하려는 순간 팍, 하고 불이 꺼졌다.

나는 출입문과 뿌연 유리창에 동태찌개, 해장국, 족발, 김밥, 칼국수, 감자탕 등등 그 집의 주 메뉴가 커다랗게 적혀 있는 가게들을 보았다. 하나하나 문을 열고 나이 많은 아주머니나 할머니가 있는지 확인할 수는 없었다. 그럼…… 어떻게 하지?

몇 초 사이, 일순간 좌절했던 내 머릿속에 다시 불꽃이 피어났다. 그러나 이번 것은 좀 희미했다. 살았는지 죽었는지 알 수 없는 불이라고 할까? 오늘은 첫날이니까, 라는 핑계를 대고, 그냥 되는대로 두세 개만 찍어보기로 한 것이다.

그렇게 정하고 어느 집을 찍을까 막연히 이 가게 저 가게 바라보는데, 내가 눈여겨보지 않은 한 순댓국집에서 어떤 할아버지가 나서는 게 눈에 들어왔다. 그 순간 나는 신속하게 변덕을 부리며 '찬스다!' 하고 속으로 외쳤다. 그러고는 재빨리 할아버지에게로 뛰어갔다.

무슨 기분 좋은 일이 있는지 할아버지의 붉은 얼굴에는 장난꾸러기 같은 웃음이 가득 떠올라 있었다.

"저기, 잠깐만요. 안녕하세요, 할아버지?"

나는 용기를 내어 말하면서 머릿속에 메모를 했다. '나이, 최소한 일흔으로 추정. 술을 마셨음.'

"한 가지 물어볼 게 있어서요."

"어?"

"저 빌딩 말이에요."

"어?"

귀가 잘 들리지 않는 것일까?

"저 빌딩 말이에요."

나는 귀 가까이 입을 대고 외쳤다.

"어이구, 시끄러워!"

할아버지는 움찔하며 뒤로 피했다. 그래도 얼굴은 웃고 있었다.

"어, 죄송해요."

할아버지는 잠시 가만히 있었다. 마치 지금 막 하늘에서 떨어져 자신이 어디에 있는지 모르는 것 같았다. 그러더니 갑자기 얼굴 가득 다시 장난스런 웃음을 띠며 나를 바라보았다.

"담배 있는가?"

"없는데요. 저 중학생이에요."

나는 적당히 목소리를 높여서 말했다.

"어?"

"안 들리세요?

"……!"

"담배 사드릴까요?"

"어."

할아버지는 활짝 웃으며 열심히 고개를 끄덕였다.

"옛날에 여기 불나지 않았어요?"

우리는 둥근 정원의 벤치에 앉아 있었다. 나는 할아버지가 세번째로 담배 연기를 뿜어냈을 때 물어보았다.

"어?"

또 시작이었다.

"여기 이곳에서 옛날에 불이 나지 않았냐고요."

나는 빌딩을 가리키며 다시 또박또박 말했다.

"어? 불났어?"

할아버지가 눈을 동그랗게 뜨며 목소리를 높였다.

"아니에요. 제 말은, 옛날에 말이에요, 옛날!"

"옛날? 어, 맞아. 그랬어, 맞아."

할아버지가 확신에 찬 목소리로 말했다. 담배를 사드리겠다고 했을 때에 이어 두번째로 들은 확실한 대답에 감동한 나는 박수라도 치고 싶었다.

"그때 살던 사람들은 다 어디로 갔어요?"

나는 희망에 차서 물었다.

"홀랑 타버렸어."

"그 사람들은……"

"다 탔어, 다. 다."

"혹시 그때……"

"어?"

나는 입을 닫았다. 소용없었다. 할아버지는 이미 원위치였다. 자꾸만 끔벅이던 눈을 스르르 감는가 싶더니 다시는 뜨지 않았다. 한순간, 갑자기 쩝쩝 소리를 내며 담배를 피워 나를 놀라게 하더니 코를 골며 잠들어버렸다.

손가락 사이에 끼인 담배에서 가느다란 연기가 피어올랐다. 그냥 내버려두면 담뱃불이 할아버지의 손가락을 태울 것 같았다. 담뱃불은 수천 도나 된다고 하던데…… 어떡할까 고민하다가 흔들어 깨우려고 어깨로 손을 가져가다가 생각이 바뀌어서 바로 멈췄다.

나는 할아버지의 손가락 사이에 꼭 끼어 있는 담배를 엄지와 검지로 조심스레 잡고 슬쩍 빼내 불을 끈 뒤 쓰레기통에 버렸다. 할아버지는 전혀 알아차리지 못했다. 벤치의 높은 등받이에 머리를 기댄 채 꿈나라를 헤매고 있었다.

나는 다시 시장 길을 따라 끝까지 걸어갔다가 돌아왔다. 할아버지는 여전히 자고 있었다. 아직 시간이 좀 있었지만, 피곤하기도 하고 또 민혜와의 약속 시간에 쫓기지 않기 위하여, 그쯤에서 돌아가기로 했다. 아니다. 정직하게 말하자면, 음식점 문을 열고 들어가서 나이 많은 아주머니나 할머니가 있는지 알아보는 것도, 있을 경우에 말을 거는 것도, 별로 자신이 없어서였다.

그 애를 찾아 나선 나의 첫번째 여행은 그렇게 마감되었다.

5

약속 시간보다 20분 일찍 민혜와 만나기로 한 동네 버스 정류장에 도착했다. 인도 옆에 공중 화장실이 있고, 그 뒤편으로 어린이 놀이터가 있는 곳이다. 민혜네 집은 골목으로 조금 들어가면 여러 채 이어지는 다세대 주택 중의 한 곳이다.

나는 어린이 놀이터 입구의 벤치에 앉아 민혜를 기다리며 생각해 보았다. 오늘 나들이에서 얻은 게 뭘까? 확실히 어딘가로 잠깐 여행을 다녀온 듯했다. 그 느낌은 아주 좋았다. 처음으로 아빠가 순직한 곳이 틀림없는 현장도 보았다. 그것도 나쁘지 않았다.

나는 눈을 감고 그 건물을 가만히 떠올려보았다. 알 수 없는 어떤 허전함 같은 것이 뒤늦게 느껴졌다. 아빠 생각 때문일 수도 있지만, 낯선 곳을 찾고 걷고 생각하다 보니 피곤해서 그럴 수도 있을 것이다.

나는 구름처럼 이리저리 떠도는 생각을 따라다니다가 다시 아빠한테로 돌아왔다. 아빠가 괴물이 되어버린 불과 싸운다. 뜨거운 연기로 사방을 분간하기 어려운 건물 속에서, 불이 시뻘건 아가리를 벌리고 아빠를 위협한다. 아빠는 잔뜩 성이 난 불의 아가리에 '이거 먹고 죽어라!' 하고 강력한 물줄기를 날린다. 아빠는 시뻘건 불의 괴물을 잡는 용사다.

그런데…… 그 애는 왜 그곳에 혼자 남겨졌을까? 부모들은 왜 그 애와 떨어지게 되었을까? 순식간에 연기가 자욱해져서 그 애가 어디 있는지 몰랐던 것일까? 하지만 그 애가 엄마를 찾느라고 비명을 질렀을 텐데? 연기가 자욱해져서 모두들 정신이 나가버렸던 것일까?

아빠가 다가왔을 때 그 애는 얼마나 기뻤을까? 아니, 기쁨을 느낄 수 있는 정신이 있었을까? 그때쯤엔 이미 그게 현실인지 악몽인지 분간되지 않는 정신 상태이지 않았을까? 하지만 그래도 아빠가 자신을 안아 올렸을 때는 정말 편안해지지 않았을까?

그러고 보니, 악몽을 꾸다가 퍼뜩 깨어나 그게 꿈이었다는 걸 알게 될 때만큼 달콤한 순간도 없는 것 같다. 그렇다면 짜릿한 달콤함을 느끼기 위해서는 악몽이 필요한 걸까? 아니다. 이건 말도 안 된다. 나는 악몽이 싫다!

인기척에 보니 민혜였다. 민혜는 몇 걸음 떨어져서 눈웃음을 띤 채 나를 보고 있었다.

"왔어?"

"야, 오 분이나 서 있었어."

"응?"

"오 분 전에 왔다고."

"그래? 난 전혀 몰랐네."

나는 벤치에서 일어섰다.

"종운이 너……"

"응? 뭐?"

"요즘 무슨 고민 있니?"

"고민? 아니, 왜?"

"심각하게 생각에 잠겨 있을 때가 있더라. 지금처럼."

순간, 나는 민혜와 다시 벤치에 앉아서 시뻘건 불의 괴물과 싸우다가 돌아가신 아빠와 그때 아빠 품에 안겨 있다가 살아난 그 애 얘기를 몽땅 다 해버리고 싶은 충동을 느꼈다. 하지만 나는 엄마를 떠올리며 입을 꾹 다물었다.

아파트로 이사하기 전날, 엄마는 조심스레 아빠 얘기를 했다. 자신의 목숨이 위태로운데도 다른 사람들의 목숨과 재산을 구하기 위해 불 속으로 뛰어드는 건 숭고한 일이라고 했다.

숭고한 일!

초등학교 5학년생이었던 내겐 낯선 말이었다. 엄마가 뭐라고 더 설명해주었지만 나는 잘 알아듣지 못했다. 그저 멋지고 훌륭한 일을 뜻하는 거라고 이해했다.

그 얘기 끝에 엄마는 아빠가 소방관이었고 화재를 진압하다가 순직했다는 사실을, 이사 가는 동네에서는 사람들에게 얘기하지 말기로 하자고 했다.

"왜?"

엄마는 말을 고르는 듯 잠시 가만히 있더니 천천히 말했다.

"음…… 사람들이 함부로 말하는 게 싫어서 그래. 너무 쉽게 말하는 게 싫다고 할까…… 그렇게 말해서는 안 되는 일인데 말이야. 내 말 이해가 되니?"

"응, 조금. 아니, 잘 모르겠어."

엄마는 나를 가만히 바라보더니 말했다.

"그래. 그럼 넌 네 하고 싶은 대로 해."

"아빠 얘기?"

"응."

나는 고개를 흔들었다.

"나도 안 할래."

"왜?"

"나도 애들이 함부로 아빠 얘기하는 거 싫어."

사실 그건 아무런 기억도 없는 아빠를 생각해서가 아니라 엄마를 생각해서 한 말이었다. 게다가 애들에게 아빠가 생전에 소방관이었다는 얘기를 한 적도 별로 없었다.

"가을이어서 그런가 봐."

나는 민혜에게 말했다.

웃기는 얘기도 아닌데 민혜가 까르르 웃었다.

"피자 먹으러 가자."

"그래."

우리는 어린이 놀이터를 빠져나가 인도를 따라 걸어갔다.

민혜가 학교에 퍼져 있는 소문에 대해서 얘기를 꺼냈다.

"정말로 누군가가 불을 질렀을 것 같아?"

"아마 순전히 헛소문일 거야. 황당한 소문이 떠돈 게 한두 번이
니?"

내가 대답하자 민혜는 골똘히 생각하는 표정으로 변했다.

"그 일에 관심이 많아?"

내가 물었다.

"아니, 그런 건 아니지만, 만나는 애들마다 그 얘기를 하니까."

얘기가 나온 김에 나는 내가 느낀 걸 민혜도 공감하는지 물어보
고 싶었다.

"애들 분위기가 좀 이상하지 않니?"

내가 말했다.

"뭐가?"

"학생들 중에서 누군가가 불을 지른 게 정말이었으면, 하고 바라
는 것 같잖아."

정말 그런 분위기가 있었다. 은근히 그랬으면 재미있을 것 같다

는 식의 반응이 많았다.

"맞아. 나도 그 얘기를 하고 싶었어."

민혜가 목소리를 높였다.

"그래?"

"응. 그런데 왜 그럴까?"

"글쎄, 솔직히, 난 모르겠어. 넌 어떻게 생각해?"

민혜는 "음…… 음……" 하더니 말했다.

"심심하고 갑갑해서 그렇지 않을까?"

"심심하고 갑갑해서?"

"응. 그래서 뭔가 일이 터졌으면 좋겠다고 생각하는 거지. 한마디 들으면 대여섯 마디로 키워서 말하고."

"마치 불장난을 하는 것처럼?"

"맞아. 불장난."

"하지만 난 애들이 장난으로 막 얘기하는 게 싫더라. 넌 아니니?"

"응? 아! 나도 그래. 엄마가 그러는데, 일부러 불을 지르는 거 굉장히 큰 범죄래."

민혜가 맞장구를 쳐주어서 나는 기분이 좋아졌다.

"맞아, 진짜 못된 짓이야."

나는 목소리를 높였다.

"하지만 애들이 다들 장난치는 분위기니까 딴 소리를 하기가 좀 그래."

"그러면 애들이 싫어하니까."

"응."

나는 힘차게 고개를 끄덕여주었다. 그러면서 또 한 번 민혜에게 아빠가 소방관이었다는 것과, 아빠가 엄청나게 뜨겁고 엄청나게 탐욕스러운 시뻘건 괴물과 싸우다가 돌아가셨다는 것과, 오늘 오후에 그때 그 화재 현장에서 살아남은 애를 찾아가는 첫번째 여행을 했다는 걸 얘기하고 싶은 강한 충동을 느꼈다. 그러나 나는 입을 꾹 다물었다.

일요일 아침, 엄마와 마주 앉아 밥을 먹을 때였다. 내가 본 시장과 새로 지은 빌딩 얘기를 하고 싶어서 입이 근질근질했다. 그런데 그걸 꾹 참다 보니 말수가 평소보다 훨씬 줄어들고 숟가락질은 엄청나게 빨라졌다. 엄마가 그런 나를 이상하다는 듯 바라보았다. 어쩔 수 없이 뭔가 말을 해야 했다.

"엄마, 물어보고 싶은 게 있는데…… 사진작가 아저씨는 왜 계속 혼자 살아?"

사실 근래 들어 그게 궁금하기도 했다.

"독신주의자야?"

내가 덧붙이자 엄마의 얼굴에 웃음이 흘렀다.

"독신주의자라는 말도 아니?"

"당연하지. 어휴, 엄마는 내가 뭐 아직 앤 줄 알아?"

어떤 얘기를 하는 중에 엄마가 그런 식이 반응을 보일 때가 있는데, 그럴 때면 정말로 엄마가 나를 아직 유치원생인 줄 아는 것 같다.

"나 중 삼이야, 중 삼, 엄마!"

내가 목소리를 높였다.

"어이구, 그래. 장하다, 우리 중 삼 종운이."

엄마가 소리 내어 웃었다.

"하여간 그 아저씨, 독신주의자야?"

"아니, 그건 아니야. 그렇게 말한 적 없어."

"그런데 왜 혼자 살아?"

"남의 마음을 어떻게 다 알겠냐만, 그럴 만한 사연이 있었나 봐."

"그게 뭔데?"

"나중에 얘기해줄게. 아저씨한테 직접 들을 수 있으면 더 좋고."

엄마가 눈길을 피하며 말했다.

아니, 엄마의 눈길이 가 있는 곳을 보니 눈길을 피한 건 아니었다. 엄마는 젓가락으로 간장에 졸인 검정콩 한 알을 집어 올리려고 애쓰고 있었다. 나는 잡곡밥 한 숟가락에 김치와 장조림 한 조각씩을 얹어 입에 넣고 씹었다. 그사이에 엄마는 콩 두 알을 젓가락으로 집어서 입에 넣는 데 성공했다.

"엄마, 그 아저씨랑 사귀는 거야?"

내가 다시 말했다.

"그렇게 보이니?"

엄마가 밥이 조금 남은 그릇에 보리차를 부으며 되물었다.

"응. 어떨 때는."

"어떨 때?"

"글쎄…… 그건 말하기 어렵고…… 하여간 결혼할 거야?"

엄마의 눈이 휘둥그레졌다.

"애는, 무슨 소릴 하니?"

"왜?"

"결혼이라니, 터무니없잖아."

"뭐, 이상할 거 없잖아. 서로 친하게 지내다 보면 결혼할 수도 있
는 거지. 난 그래도 괜찮다고 하는 말이야."

엄마가 당황한 듯 약간 얼굴을 붉힌 채 나를 바라보았다. 내 머릿
속에 숨겨진 뭔가를 찾아내려는 듯한 눈빛이었다. 하지만 아저씨와
관련하여 내가 속에 숨겨놓은 것은 아무것도 없었다.

"그런 생각 안 해봤어."

엄마가 말했다.

"정말이야?"

"응. 우린 친구야. 그 아저씨가 좋은 사람이고, 네 외삼촌 대학
선배고, 또, 음…… 사연이 있다고 했잖아. 마음이 몹시 아픈 일이
야. 그래서 가끔 위로해주고 싶을 때가 있어. 너도 친한 친구가 힘
들어하면 위로해주고 그러지?"

"엄마가 힘들 때는 아저씨가 위로해주고?"

"그래. 그렇지."

"엄마는 왜 힘든데?"

엄마가 한쪽 눈을 조금 찌푸리며 가만히 바라보았다.

"얘가 오늘 왜 이래? 꼭 나를 심문하는 것 같네?"

'엄마는 왜 이제 내가 얘기하기 전에는 아빠 얘기 안 해?'

반짝, 하고 어둠 속에서 불꽃이 일듯이 그 말이 떠올랐으나 입 밖으로 내지는 않았다.

아빠에 대해서 내가 물으면 엄마는 간단히 사실에 대해서만 얘기해주었다. 엄마는 엄마 감정이 어떤지는 거의 드러내지 않았다. 아빠 생각을 하면 힘들어서 그럴 거라고 생각하여 나도 거의 묻지 않았다.

창고에 불이 난 날, 그러면서 그 애가 내 머리 한쪽을 차지하게 된 그날 이후, 나는 아빠가 숭고한 일을 하다가 돌아가셨다고 한 엄마의 말을 자주 떠올리곤 했다. 엄마는 사람들이 아빠의 죽음에 대해 함부로 가볍게 말하는 게 싫다고 했는데, 나도 이제는 그 말이 정말로 이해가 되었다.

하지만 엄마는 나하고 둘이서 아빠 얘기를 하는 것도 싫은 것일까? 엄마가 너무 무관심해 보여서 일부러 이것저것 마구 물어보고 싶었지만 나는 그러지 않았다. 아빠가 돌아가신 직후 1, 2년은 아마 그랬을 것이다. 하지만 내 기억에는 그것조차도 남아 있지 않다.

사람은 망각의 동물이라고 하던데 혹시 엄마의 머릿속에 저장되어 있던 아빠에 대한 기억이 벌써 사라지기 시작한 것일까? 설마, 그렇지는 않을 것이다. 절대로! 그런데…… 나는 기억이 아예 없기 때문에 사라지지 않게 꼭 움켜쥐고 있어줄 수도 없다.

"갑자기 왜 아무 말이 없니?"

엄마가 말했다.

"도대체 아저씨의 사연이 뭘까 생각했어."

나는 별거 아니라는 듯 가볍게 말했다.

"그런 걸 생각한다고 알 수 있겠니?"

엄마의 얼굴에 다시 잔잔한 웃음이 돌아왔다.

"그럼 얘기해줘. 사연이 뭐야?"

"에이, 얘가 또 막 앞질러 가려고 하네. 자자, 그만하자. 결혼이
라니, 너 너무 비약했어. 남자와 여자가 친하게 지낸다고 다 결혼하
는 거 아니야. 쉽게 말해서, 아저씨는 대학 동아리에서 친하게 지내
는 마음이 잘 통하는 남자 친구나 선배 같은 사람이야."

"나 같은 어린애가 대학 동아리를 어떻게 알아?"

내가 일부러 항의하듯이 말하자 엄마가 웃었다.

"금방이야. 너도 대학생 돼."

"그러니까 열심히 공부해라!"

"맞아. 잘 아는구나."

"무슨 얘길 하건 결론은 공부니까 뭐."

6

월요일 아침에는 특별히 일찍 학교에 갔다. 잠을 깰 때 홀랑 타버린 창고가 생각났기 때문이다. 나는 아직까지 가까이 가보지 않았는데, 애들이 거의 없는 시간에 등교하여 가까이에서 보고 싶었다.

10월의 이른 아침 가을 공기가 서늘하고 상쾌했다. 나는 담장을 따라 나뭇잎 냄새, 풀냄새, 이슬 냄새를 맡으며 걸어갔다. 그리고 접근 금지를 알리는 노란 띠 앞에 섰다. 온통 숯덩이였다. 부분적으로 살아남은 것들도 모두 깨졌고, 녹아내렸고, 시커멓게 그을려 있었다.

절로 인상이 찌푸려졌다. 속에서 이상한 느낌이 스멀스멀 피어올랐다. 슬프다는 느낌과 무섭다는 느낌, 그리고 구역질이 날 것 같은 기분이 뒤섞여 있었다.

나는 금세 돌아서버렸다.

머릿속 허공에서 조그만 불꽃이 수줍은 듯 피어났다. 잘해야 성냥불 같은 크기다. 하지만 그런 작은 불꽃이 모닥불이 되고, 캠프파이어가 되고, 순식간에 이글이글 타오르는 시뻘건 괴물이 된다.

나는 머리를 흔들고 하늘을 올려다보았다. 옅은 구름이 기분 좋게 펼쳐져 있었다. 나는 길게 숨을 내쉬었다.

하나둘 아이들이 나타나 교실과 복도가 시끌벅적해지면서 새로운 소문의 들불이 여기저기 피어났다. 지난주 후반에 이미 재가 되어 가고 있었는데, 이틀간의 휴식이 그것들을 되살려놓았다.

새로운 들불들 중에서 두 개가 눈길을 끌었다. 하나는 지난봄에 새 건물을 짓기로 결정하고 나서도 계속 보존을 주장하는 사람들이 있어서, 더 이상 보존 얘기가 나올 수 없게 하려고 누군가가 일부러 불을 냈다는 것이다. 보존이냐 신축이냐를 두고 오랫동안 불화가 있었다니까 그럴 수도 있을 것 같았다.

또 다른 들불은 비밀 클럽의 학생들이 불을 질렀다는 것으로 로빈 후드나 홍길동 얘기처럼 미화되어 있었다. 아이들에게 잘못된 행동을 한 몇몇 선생님들과 불합리한 학교 운영에 대한 항의의 표시로 불을 질렀다는 얘기인데, 아이들은 불을 지른 비밀 클럽 학생들이 나타나면 스타 대접이라도 할 기세였다.

월요일 내내 불이 춤을 추었다. 상상 속에서, 아이들의 입술 위에서 빨간 불꽃이 때로는 갑갑하게 간들간들, 때로는 속 시원하게 활활 춤을 추었다. 아이들은 자꾸만 불을 더 키우고 싶어 했다. 그러다가 걷잡을 수 없이 활활 타올라 시뻘건 괴물이 되어버리면, 그 불은 누가 꺼줄까? 그런 불도 소방관 아저씨들이 꺼줄 수 있을까?

저녁때였다. 현관 벨이 딩동 울렸다. 당연히 엄마라고 생각하고 문을 열었더니 뜻밖에도 사진작가 아저씨였다.

"씩씩하네. 누군지 묻지도 않고 문을 막 열고."

아저씨가 놀라는 나를 보고 웃으며 말했다.

"엄마인 줄 알았어요."

나도 모르게 머리로 손이 갔다.

"안 계시니?"

"장 봐서 곧 오신댔어요."

"엄마가 내 얘기 안 했니?"

나는 어떤 뜻인지 몰라 아저씨를 바라보았다.

아저씨는 싱긋 웃더니 복도 벽에 기대놓아서 내가 볼 수 없었던 뭔가를 들어 올렸다.

"밖으로 나와서 문 좀 붙잡아."

아저씨가 말했다.

나는 슬리퍼를 신고 재빨리 복도로 나갔다.

아저씨가 얇은 포장지로 싼 커다란 사각형 물건을 집 안으로 옮겼다. 나는 한눈에 그게 뭔지 알아보았다. 아저씨의 사진 작품이었다. 응접실 벽에 기대놓고 포장지를 북 찢었다. 작년 사계절 동안 나를 찍은 사진들을 적절히 배치하고 합성하여 확대한 것이었다.

"마음에 들어?"

아저씨가 말했다.

마음에 드는 정도가 아니었다. 하나의 화면 속에 다양한 풍경과 내 모습이 자연스럽게 섞여 있어서 흡사 그림 같았다. 정말 좋았다. 그런데도 나는 고작 이렇게 말했다.

"크기가 어떻게 돼요?"

그러면서 속으로 '멍청아!' 하고 나를 욕해주었다. 하지만 아저씨는 중요한 질문을 들었다는 듯이 진지한 표정으로 천천히 대답해주었다.

"음, 이게, 가로 일 미터에, 세로가 칠십 센티미터야."

아저씨는 사진 속의 나를 가리키며 어디서 찍은 것인지 알겠느냐고 물었다. 나는 아저씨가 가리키는 것을 바로바로 대답할 수 있었다. 아저씨가 제법인데, 하는 표정으로 고개를 끄덕였다.

나는 엄마가 아침에 내려놓은 커피를 한 잔 가득 드렸다. 그리고 나를 위해서도 반 잔을 따른 뒤 식탁에 마주 보고 앉았다.

"공부는 어때?"

아저씨가 물었다.

"지겨워요. 걱정이에요."

"걱정할 거 없어. 지겨운 게 정상이야."

"그래요?"

"응. 내 생각엔 그래. 너무너무 재미있어요, 하는 애들이 비정상이야."

평상시의 표정이어서 농담인지 진담인지 알 수 없었다.

"요즘 아빠 얘기 종종 한다더구나."

잠시 가만히 있던 아저씨가 씩 웃더니 마치 기습 작전을 펼치듯
이 갑자기 입을 열었다.

"네?"

"네 엄마가 그러더라."

"엄마가요?"

"응."

아빠 얘기를 피하는 것 같더니, 아저씨한테 그 얘기를 했단 말이
야?

"보안이 안 되네요."

"불만이니?"

"아뇨. 뭐, 그냥."

그때 엄마한테서 전화가 왔다.

"아들."

"왜?"

"나와서 좀 들어줘. 혼자서는 안 되겠어."

엄마는 그럴 때가 많았다. 조금만 사오겠다고 하고서도 잔뜩 사
놓고 나보고 나오라고 하는 것이다. 나는 엄마가 장 봐서 집에 갈
거라고 가게에서 전화할 때마다 내가 거들어야 하는 거 아니냐고
묻곤 했다. 하지만 그때마다 엄마는 괜찮다고 했다. 그래놓고도 열
번에 서너 번쯤은 나보고 뒤늦게 나오라고 했다.

"아저씨 오셨어."

"응?"

"아저씨 오셨다고."

"어, 벌써? 알았어. 네 사진 가지고 오겠다고 했는데, 가져왔니?"

"응. 나한테는 왜 미리 얘기 안 했어?"

"너 놀라게 해주려고 그랬지. 하여간 어서 나와."

"알았어."

나는 전화를 끊고 말했다.

"장을 많이 봤나 봐요. 들어달래요."

"응? 그럼 나도 가야지."

엄마의 그런 버릇을 잘 알고 있는 아저씨가 즐겁다는 듯이 말했다.

"그 애가 지금 어떻게 지내고 있는지 궁금했어요."

우리 두 사람밖에 없는 엘리베이터 안에서 내가 말했다.

"응?"

"아빠가 구했다는 그 애 말이에요. 그 애가 어떻게 살고 있는지 궁금해졌어요. 그래서 얘기했던 거예요. 엄마한테요. 제가 아빠 얘기한다고 엄마가 그랬다면서요?"

"응. 그래, 무슨 얘기인지 알겠어."

아저씨는 진지한 얼굴로 고개를 끄덕였다.

"그러고 보니 나도 궁금하네."

아저씨가 나를 보고 말했다.

"건물이 새로 들어서 있었어요. 하지만 그 옆에 있는 시장은 옛날 그대로예요."

그 말까지 할 생각은 없었는데 틀어막을 새도 없이 그놈이 멋대로 입 밖으로 나가고 말았다.

"불이 났던 곳 말이니?"

아저씨가 눈빛이 또렷해지며 나를 바라보았다.

"어…… 네."

"거길 찾아 갔었어?"

"네."

"오, 대단한데!"

아저씨는 감탄한 얼굴이었다.

"그냥 지하철 타고 가면 금방인데요 뭐."

"그렇긴 하지만."

"엄마한테 말하지 마세요. 괜히 신경 쓰니까요."

"알았다."

우리는 아파트 상가 슈퍼마켓 쪽으로 걸어갔다.

"못 찾을 거 같아요."

내가 말했다.

무슨 영문인지, 일단 그 얘기를 꺼내고 보니 계속 그 얘기를 하고 싶어졌다. 이런 것도 관성의 법칙인가?

"그 애 말이니?"

"네. 전에 살던 사람들은 다 어디로 가버린 게 분명해요."

"내가 좀 도와주런?"

"어떻게요?"

"경찰서를 통해서 찾으면 가장 빠르고 확실하지."

나는 고개를 저었다.

"그렇게까지 일을 크게 벌이고 싶은 마음은 없어요. 전 그냥 몰래 보고 싶은 것뿐이에요."

아저씨는 이해한다는 표정으로 고개를 끄덕이더니 얼굴 가득 미소를 띠며 말했다.

"걸어다니면서 뭘 찾는 거라면 내가 좀 잘하지."

"네?"

"네가 그 애를 계속 찾아볼 거라면 내가 함께 따라가줄 수 있다는 얘기야."

"생각해볼게요."

"그런데 그 애의 어떤 게 제일 궁금하니?"

"글쎄요, 저도 아직 잘 모르겠어요."

정말이었다. 나도 내가 무엇을 알려고 하는지 정확히 알지 못했다. 게다가 하루하루 지나면서 그 애에 대한 내 생각도 점점 더 복잡해지고 있었다.

학교에 불이 난 날, 그 애가 떠올랐을 때, 나는 오로지 그 애에 대해서만 궁금했다. 그 궁금증도 그 애가 여자인지 남자인지, 그 애가 어떻게 생겼는지, 그 애의 부모는 어떤 사람인지 등과 같은 아주

단순한 것들이었다.

그런데 이제는 화재를 진압하던 그날 아빠가 어떤 마음이었고, 어떻게 불과 싸웠고, 어떻게 그 애를 구했고, 어떻게 세상을 떠나게 되었는지도 궁금했다. 아니, 실제로는 그게 더 궁금하다고 할 수도 있었다. 하지만 아빠의 얘기는 영원히 알 수 없을 테니 뭐.

아빠가 그 애의 얼굴에 산소마스크를 씌워준 것은 확실했다. 소방관들이 보았다니까. 하지만 당시 네 살이었다는 그 아이는 당연히 그 사실을 기억하지 못할 것이다. 그 애는 불구덩이 속에 홀로 남겨져 공포에 떨었던 것도 기억하지 못할 것이다. 아빠가 돌아가셨을 때 엄마가 많이 울었을 것이고, 장례식 때 많은 사람들이 모였을 텐데도 내가 아무것도 기억하지 못하는 것처럼.

혹시 그 아이가 화상을 입은 건 아닐까? 그것도 얼굴에 아주 보기 흉한 화상을. 그래서 살아난 걸 증오하는 건 아닐까? 자기를 구해준 알지 못하는 소방관 아저씨를 고맙게 생각하기는커녕 오히려 미워하는 건 아닐까?

아니, 어쩌면 어떤 소방관 아저씨가 자신의 목숨을 구해주었다는 걸 전혀 모를 수도 있을 것이다. 나중에도 아이의 기억에서 지워졌을 상처를 상기시키지 않으려고 어른들이 가르쳐주지 않았을 수도 있는 것이다.

그런데…… 나는 그 애를 찾아서 무엇을 하려는 것일까? 이 생각 저 생각 따라가다 보면 항상 그 질문에 다다랐다. 하지만 나는 내가 무엇을 원하는지 정확히 알 수 없었다.

"그 아이가 지금 행복하게 살고 있으면 좋겠어요."

문득 그런 마음이 들었다. 순간적으로, 희미하게.

"오, 그거 정말 좋은 생각이구나."

아저씨가 밝고 큰 목소리로 말했다.

나는 정면을 향하고 있었지만, 아저씨가 고개를 돌려 환한 표정으로 내 얼굴을 바라보는 걸 느낄 수 있었다.

조금 뒤, 엄마와 나와 사진작가 아저씨는 내화벽돌에 둘러싸인 스테인리스 통 안에서 뱅글뱅글 돌고 있는 쇠꼬챙이에 꿰인 닭들을 보고 있었다.

"아서라. 종운이 넌 닭 안 좋아하잖아?"

내가 한 마리 사자고 하자 엄마가 이렇게 말하여 사느니 마느니 하는 중이었다.

사실 나는 닭을 맛있게 먹은 기억이 거의 없다. 냄새가 좀 거북해서, 기름에 튀긴 닭 한 마리를 사면 두세 쪽만 겨우 먹고 나머지는 냉장고와 엄마 책임이기 십상이었다.

"그래도."

정말 '그래도' 먹고 싶을 때가 있다.

"그래도라니?"

"이건 좀 다를 거 같아."

그 전기구이 코너는 최근에 새로 생긴 것이었다.

"너 또 몇 쪽만 먹고 나한테 다 떠넘기려고 그러지?"

엄마는 믿을 수 없다는 듯 계속 버텼다. 그러자 잠자코 있던 아저씨가 나를 응원하고 나섰다.

"아니, 둘이서만 먹으려고요? 나도 입이 있는데."

엄마가 웃었다.

"한 마리 먹읍시다. 이런 거 요즘은 보기 힘들어요."

내 얘기가 바로 그거였다. 기름기가 쪽 빠지는 전기구이는 좀 다를 것 같았다.

결국 우리는 가장 바싹 익은 것으로 한 마리 샀다. 그리고 집으로 와서 식탁에 앉아 맛있게 먹었다.

닭 한 마리를 사서 한 번에 모두 먹어 치운 건 내 기억에 처음이었다. 아저씨가 많이 거들긴 했지만 나도 엄마도 제법 먹었는데, 세 사람 다 좀 부족하다고 느끼는 기색이었다. 아저씨는 입맛을 다셨고, 엄마는 조금 멍한 얼굴이었다.

"아저씨는 왜 혼자 사세요?"

닭을 먹었기 때문에 엄마가 급히 만든 주먹밥과 아침에 먹고 남은 미역국과 과일 샐러드를 보충하는 것으로 저녁을 해결하고 난 뒤, 나는 국화차를 마시고 있는 아저씨에게 기습적으로 말했다.

엄마는 눈빛이 또렷해지며 아저씨를 보았고, 이어서 나를 바라보았다. 괜한 얘기 하지 마라는 듯 한쪽 눈을 조금 찡그렸다.

하지만 나는 계속 밀고 나갔다. 아저씨한테 아빠 얘기를 술술 풀어놓은 것에 대해서 대가를 얻어야겠다 싶었다. 아저씨가 캐물었던 것도 아닌데 그런 마음이 들었다.

"엄마 얘기로는, 무슨 사연이 있다면서요?"

나는 다시 물었다.

"그래, 사연이 있어."

아저씨가 말했다.

얼굴에 살며시 미소가 떠올랐다. 조금 쓸쓸해 보이는 미소였다.

엄마는 여전히 당황하고 긴장한 얼굴을 하고 있었다.

"어떤 사연인데요?"

내가 물었다.

"음……"

아저씨는 길게 끌며 나와 엄마를 번갈아 바라보았다.

"언젠가 얘기해줄게. 나중에."

"나중에 언제요?"

"글쎄, 어쩌면 다음 주가 될 수도 있고, 아니면 그다음이 될 수도 있겠지. 괜찮지?"

"뭐, 그거야 아저씨 마음대로죠."

많이는 아니고 약간 실망한 나는 시큰둥하게 대꾸했다.

엄마는 아직도 긴장한 표정이었고, 아저씨는 약간 어색한 미소를 지었다. 내가 두 사람을 불편하게 만든 게 분명했다. 그러니 그것만으로도 엄마가 내 얘기를 아저씨한테 한 것과, 내가 아빠 얘기를 나도 모르게 아저씨에게 술술 털어놓은 것에 대한 대가는 얻은 셈이었다.

"안 들려주셔도 돼요. 나중에도요."

내가 다시 말하자 아저씨가 고개를 세차게 흔들었다.

"아니야. 그런 얘기가 아니야."

아저씨 눈에는 내가 확실히 삐친 걸로 보이는 모양이었다.

"얘기하기 싫다는 게 아니고, 내 말은 자연스러운 분위기였으면 좋겠다는 거야. 진심이야, 진심."

"저도 진심이에요. 제가 괜히 물어본 거 같아요."

나는 한 번 더 약간 시큰둥하게 말해보았다. 그러자 아저씨가 양 손까지 마구 흔들며 말했다.

"아니야. 관심을 가져줘서 고마워. 정말이야. 나중에 내가 얘기하고 싶을 때 들려줄게. 알았지? 약속할까? 응?"

아저씨는 새끼손가락을 내밀었다.

그 모습을 보니 좀 미안했다. 그래도 뭐, 인생은 기브 앤 테이크라고 하니까, 챙길 건 확실하게 챙겨야지.

"그래요, 그럼. 약속해요."

나는 아저씨를 향해 손가락을 내밀었고, 우리는 약속을 했다.

그런 다음 아저씨와 엄마는 침묵에 잠겼다. 둘 다 마음이 무거워 보였다.

나만 기분이 좋은 것 같았다.

"차 한잔 더 하세요."

내가 아저씨에게 말했다.

"어, 그래. 고마워."

아저씨가 푸득 날아오르는 새처럼 말했다.

"엄마도 한잔 더 해."

엄마는 보조개가 파이게 입술을 꽉 다문 채 나를 바라보며 고개를 끄덕였다. 이 녀석이 무슨 꿍꿍이지? 하고 묻는 표정이었다.

7

한 시간 일찍 끝나는, 기다리던 목요일이었다. K동 시장에 도착한 나는 주저하지 않고 시장 옆의 빌딩으로 갔다. 지하철을 타고 가면서 생각해둔 게 있었다. 나는 그 생각에 마음이 들뜨기까지 했다. 하지만 그 생각이 한심한 거라는 걸 깨우쳐주려는 듯 빌딩으로 들어서는 순간부터 기분이 나빴다.

회전문의 빈 칸으로 들어서려는데 어떤 남자가 바람처럼 내 앞으로 끼어들었다. 양보하고 빠져나오려고 했으나 이미 그럴 수가 없었다. 그 때문에 나는 그의 엉덩이에 달라붙어서 종종걸음을 쳐야만 했다.

어떤 면으로는 재미있게 생각할 수도 있는 일이었다. 그러나 마흔쯤 되어 보이는 그 남자는 곧 폭발할 것 같은 얼굴을 하고 있었다. 엄청나게 화가 나는 일이 있는 모양이었다. 그는 회전문이 완전히 다 돌기도 전에 숨도 제대로 쉬지 못하고 있는 나를 밀치면서 튀어나갔다.

로비로 나선 나는 내 속에서 피어오르는 열기를 가라앉히기 위해 가만히 서 있었다.

사람들이 이리저리 바삐 움직이고 있었다. 오른쪽에 크지도 작지도 않은 안내 데스크가 있었는데, 그 옆의 벽에는 엄청난 개수의 회사 이름이 쓰인 아크릴판이 붙어 있었다. 나는 그쪽으로 걸어가 회사 이름을 하나하나 읽어보면서 데스크를 지키고 있는 사람들을 관찰했다. 나이 든 남자 한 명과 여자 두 명이 있었는데, 모두 제복 차림이었다.

나는 나를 힐끔힐끔 쳐다보는 남자에게 다가갔다.

"안녕하세요?"

그는 전혀 예상하지 못한 말을 듣기라도 한 사람처럼 이상한 표정을 지었다.

"무슨 일이냐?"

그가 무뚝뚝하게 말했다.

"저기, 옛날에 여기서 불이 나지 않았어요?"

그가 멍하니 바라보았다. 옆에서 전화벨이 울렸고 여자가 받았다. 헤드셋을 한 다른 여자는 컴퓨터 모니터를 보면서 계속 얘기를 하고 있었다.

"불이라니?"

남자기 말했다.

"이 빌딩 짓기 전에 말이에요. 그때……"

"아, 알겠다. 그런데?"

"그때 불이 나기 전에 여기서 살던 사람들 말이에요."

그가 계속하라는 표정으로 기다렸다.

"그 사람들 어디로 옮겨 갔는지 알 수 없을까요?"

순간적으로, 마치 스위치를 켠 것처럼 남자가 엄한 표정으로 바뀌었다.

"그걸 왜 알려고 하는데?"

그가 갑자기 나를 심문하듯이 대했다.

"저, 개인적으로 좀, 좀 필요해서요."

나는 긴장해서 더듬거렸다.

"개인적으로 필요하다니, 왜?"

"찾는 아이가 있어서요."

"아이라니, 누구?"

"그때 살아난 아이요."

그가 무슨 소리인지 모르겠다는 표정을 지었다.

"그 애가 너하고 무슨 상관이 있는데?"

"네?"

"너하고 무슨 상관이냐고."

"저, 그게……"

나는 말이 막히면서 갑자기 슬퍼졌다. 정말 불친절한 아저씨였다. 아빠가 그 당시 순직한 소방관이었다고 하면 나를 친절하게 대해줄까? 그러나 나는 그 믿을 수 없는 남자에게 아빠 얘기를 하고 싶은 마음이 조금도 없었다.

나는 신경질적으로 휙 돌아섰다.

"얘. 얘."

그가 나를 불렀다. 나는 돌아보지 않고 걸어갔다. 내 운동화가 삑삑 소리를 냈다. 나는 로비를 가로질러 걸어가서 일부러 회전문을 통해 밖으로 나갔다. 또 누군가가 억지로 끼어들면 밀쳐버릴 생각이었으나 다행히 아무도 끼어들지 않았다.

나는 둥근 정원의 벤치에 앉았다. 그리고 등받이에 기댄 채 고개를 한껏 꺾고 파란 하늘을 쳐다보았다. 하늘 여기저기 하얀 구름들이 떠다니고 있었다. 그 모습을 보고 있으니 곧 마음이 편안해졌다.

'이제 또 뭘 해야 되지?'

나는 스스로에게 물어보았다. 곧바로 모르겠다는 대답이 나왔다. 이어서 내가 굳이 그 애를 찾아야 할 의무는 없다는 데 생각이 미쳤다. 아무도 나한테 그 애를 찾으라고 시키지 않았고, 아무한테도 내가 그 애를 찾겠다고 약속하지 않았다. 그래서 이제 그만두는 게 좋을까?

이번에도 곧바로 아니라고 말하는 소리가 내 속에서 들려왔다. 처음부터 누가 시킨 건 아니었다. 하지만 나는 그 애를 보고 싶다. 그 애를 알고 싶다. 사진작가 아저씨에게 말했듯이 그 애가 행복하게 살고 있는 걸 보고 싶다. 징밀이지 그 애가 행복하게 살고 있는 걸 보면 나도 행복할 것 같았다.

눈을 감았다. 지난봄, 외삼촌네 식구들이 미국으로 가기 전에, 엄마＋외삼촌＋외숙모＋'정말 귀하게 얻은' 두 살배기 쌍둥이 여동생 둘＋사진작가 아저씨＋나, 이렇게 다같이 찾았던 숲 속 풍경을 떠올리며 그때 피웠던 따뜻한 모닥불을 생각했다. 부드럽고 따뜻한 불. 귀엽게 타닥 탁 하고 소리를 내는 불. 그 곁에 엄마가 있고, 사진작가 아저씨도 있고, 외삼촌 외숙모도 있고, 방글방글 웃는 쌍둥이 애기도 있고, 나도 있는 불. 무섭지 않은 불, 따뜻하고 평화로운 불. 그런 불이 지금 내 앞에 있으면 좋으련만……

눈을 떴다. 잠깐 사이에 하늘의 구름 모양이 많이 바뀌어 있었다. 이제 집으로 가자, 하며 나는 가방을 집어 어깨에 멨다. 그러고는 일어나 지하철역으로 가기 위해 시장 입구 쪽으로 터덜터덜 걷고 있는데 내가 사드린 담배를 피우며 잠들어버렸던 그 할아버지가 보였다.

할아버지는 너무 희어서 잘 어울리지 않는 점퍼를 입고 시장 입구에서 서성거리고 있었다. 나는 반가운 마음에 얼른 뛰어가서 인사를 했다.

"안녕하세요, 할아버지?"

"어, 음, 그래. 음, 음."

대답은 그렇게 했지만 표정은 '누구지?' 하고 묻고 있었다.

"저 모르시겠어요?"

"어, 음, 음…… 학생?"

"네?"

"나, 술 한잔 사줘."

"네?"

지난번엔 담배더니 이번엔 술? 순간적으로 머리가 복잡해졌다. 낯선 동네에서 우연히 알게 되어 고작 두번째로 보았고, 게다가 나를 못 알아보는 것 같은 할아버지가 다짜고짜 술을 사달라고 하니 말이다.

어떻게 해야 할지 알 수 없었다. 반가운 마음에 무턱대고 인사를 했을 뿐인데. 하지만 나는 좋아, 하고 마음속으로 기합을 넣으며 결정했다. 울적하게 가라앉으려는 내 기분을 밝게 만들어주었으니 보답을 하기로. 게다가 어쩌면 이번엔 뭔가 얘기를 들을 수 있을지도 모르니까.

"할아버지, 해장국 드실래요?"

내가 말하자 할아버지의 입이 주먹만 하게 벌어졌다.

"어어, 해장국, 좋아, 좋아."

할아버지가 벙글거리며 말했다. 그러고는 곧장 가까이에 있는 감자탕집 문을 열고 안으로 들어갔다. 뒤늦게 가슴이 뛰었다. 주머니 사정을 확인하지 않았다는 게 생각났던 것이다. 다행히 비상금으로 숨겨둔 만 원짜리 한 장이 있었다. 나는 삐걱삐걱 소리를 내며 앞뒤로 움직이다가 멈춘 낡은 문을 밀치며 안으로 들어갔다.

다섯 개의 탁자가 있는 조그마한 가게였다. 따로 앉은 두 사람의 손님이 부지런히 숟가락질을 하고 있었고, 입구 오른쪽 주방 앞 탁자에서 오십대 후반으로 보이는 아주머니가 깻잎을 다듬고 있었다.

노인을 바라보는 아주머니의 얼굴은 반은 웃고 반은 화가 나 있었다.

"그만 집에 가세요, 영감님. 또 며느리가 찾아 나서게 하지 말고."

아주머니는 자리에 앉은 채 계속 깻잎을 다듬으며 말했다.

"어서요. 이미 취했어요."

그러고는 둘이서 옥신각신했다. 화를 내지는 않고 웃고 있었으나 목소리는 컸다.

할아버지는 이미 나라는 존재는 잊어버린 듯했다. 아주머니도 내가 할아버지와 함께 들어온 거라고는 생각하지 않는 듯했다. 할아버지는 결국 밖으로 내모는 아주머니에게 떠밀려서 구수한 냄새가 떠도는 가게에서 쫓겨나야 했다.

할아버지가 안돼 보였다. 하지만 뒤따라 나가려던 나는 문득 떠오른 생각에 우뚝 멈춰 섰다. 술을 사드리기로 했었지만, 이것으로 그냥 접는 게 옳을 것 같았다. 할아버지가 이미 취했고, 또 아주머니 얘기로 보아 할아버지의 정신이 온전하지 않은 것 같으니 말이다.

그렇게 마음을 정하니 홀가분했다. 그러나 할아버지에게 미안한 마음도 들었다. 나는 밖으로 나가면 할아버지가 나를 알아볼 것 같아 잠시 엉거주춤 안에 머물렀다. 아주머니가 할아버지를 데리고 어딘가로 가는 것 같았다. 두 사람의 목소리가 점점 멀어져 더 이상 들리지 않는가 싶더니, 이제 나가야겠다고 생각하고 가방을 추스를 때 갑자기 문이 벌컥 열리며 아주머니가 나타났다.

"어휴, 참. 허구한 날 술이네."

아주머니가 웃는 낯으로 말했다. 그러고는 한 걸음 떼다가 멈춰 선 나를 발견했다.

"앉아. 왜 그러고 서 있니?"

아주머니가 다시 말했다.

"어, 저는⋯⋯"

"어서 앉아."

"네."

나는 되는대로 근처 의자에 앉고 말았다. 앉고 보니 아주머니가 깻잎을 다듬고 있던 그 탁자였다. 일이 이상하게 돌아가고 있었다. 나는 가방을 내려놓았고, 나를 손님으로 생각한 아주머니가 쟁반에 밑반찬을 담아서 내왔다. 굵게 썬 무김치와 배추김치에 고추와 당근 그리고 쌈장과 물이었다. 조금 뒤에는 뚝배기에 담긴 뼈다귀 해장국이 나왔는데, 그건 1인분 감자탕 같은 것이었다.

"맛있게 먹어라."

아주머니가 말했다.

"네."

내가 말했고, 아주머니는 깻잎 손질을 계속했다. 그러고 있으니 마치 음식점이 아니라 집에서 밥을 먹는 것 같았다.

우거지 위에 뿌려놓은 파와 들깻가루를 국물에 넣고 저은 다음 한 숟가락 떠 먹어보았다. 내 입에는 약간 매웠지만 맛이 그만이었다. 전혀 생각지도 않은 식사에다 시간도 일렀지만 음식 맛을 보고 나니 식욕이 생겼다.

나는 연거푸 뜨거운 국물을 떠 먹었다. 그런 다음 돼지 뼈에 붙은 살코기를 하나하나 발라내며 마음의 여유를 되찾았다. 가만히 상황을 짚어보니, 지난번 찾았을 때 용기가 없어서 피해버렸던 그 현장의 한가운데 내가 있었다.

"아까 그 할아버지 말이에요."

나는 아주머니에게 말을 붙였다.

"응? 아, 왜?"

"많이 취하신 거예요?"

"그럼. 점심 때 이미 취했어. 거기다 요즘 들어 정신이 오락가락해. 많이 마시면 길 잃고 헤매고 막 그래."

아주머니는 나를 쳐다보지도 않고 계속 깻잎을 다듬으며 다정스럽게 말했다. 그렇게 친절하게 대해주니 용기가 생겼다.

"새로 지은 저 건물 말이에요."

가슴이 두근거렸다.

"응?"

아주머니가 나를 쳐다보았다.

"저쪽 빌딩요."

나는 한 손으로 살짝 빌딩 쪽을 가리켰다.

"아, 저거? 왜?"

아주머니는 다시 깻잎 바구니로 눈길을 가져갔다.

"옛날에 불이 났었다면서요?"

"응. 그랬지. 그래서 새로 지었지."

아주머니는 대수롭지 않다는 듯 말했다. 하지만 나는 머리카락이 조금 곤두섰다. 뭔가를 건질 수 있는 것 아닐까?

"그런데 네가 그걸 어떻게 알아?"

아주머니가 나를 힐끗 쳐다보며 말했다.

"아, 저, 선생님이 가르쳐주셨어요."

"으응."

"그런데 그때 살던 사람들은 어디로 갔어요?"

"뿔뿔이 흩어졌지 뭐. 몽땅 타버렸으니까. 싹 다 치우고 새로 지었지만, 뭐 돈이 되나 어디. 거의 다들 세를 들고 있었으니까. 자기 집이었어도 별로 다를 거 없어. 그 돈으로야 작은 원룸 하나 못 건지지. 다들 떠났어."

손님 한 명이 계산을 하고 나가느라 얘기가 끊겼다.

"세월 참 잘 흐르네."

다시 깻잎 바구니 앞에 앉은 아주머니가 말했다.

"네?"

"난리도 아니었는데…… 까맣게 잊고 있었어."

"불난 거 말이에요?"

"응."

"그때도 이 가게 하셨어요?"

"그럼."

나는 이 감자탕집에 들어오게 해준 할아버지에게 감사를 표했다.

'할아버지, 감사합니다.'

"불이 훨훨 타올라서 이쪽으로 번질까 봐 다들 발을 동동 굴렀지. 소방서에서 이쪽에다 물을 뿌리고…… 난리도 아니었는데, 정말 까맣게 잊어버렸네."

아줌마가 후유, 하고 한숨을 쉬었다.

다른 손님도 계산을 하고 나갔다. 이제 가게에는 아줌마와 나뿐이었다.

"감자 하나 더 줄까?"

"네? 아, 네. 고맙습니다."

아주머니가 김이 무럭무럭 나는 엄청나게 큰 감자 한 알을 더 주었고, 나는 이미 배가 불렀지만 그 감자는 물론 마지막 국물 한 방울까지 다 긁어 먹었다.

"맞아."

얼마 남지 않은 깻잎을 바쁘게 다듬던 아줌마가 다시 입을 열었다.

"네?"

"그때 소방관 여러 사람이 다쳤어. 한 사람은 끝내 변을 당했고. 이제야 새록새록 기억나네."

나는 온몸에 소름이 돋았다.

'할아버지, 진짜 감사합니다. 다음에 만나면 꼭 술을 사드릴게요.'

"변을 당해요?"

아주머니는 한숨을 쉬고 안타깝다는 듯 쯧쯧, 하고 혀를 찼다.

"응. 불 끄다가 그랬지."

"그분에 대해서 아세요?"

"내가 알 수야 있겠니? 그저 그랬다는 얘기만 들었지."

온몸을 가득 채우고 있던 뜨거운 전율이 한순간에 차가운 실망으로 바뀌었다.

"혹시 불 속에서 구출된 사람들도 있었어요?"

나는 다시 힘을 내어 물어보았다.

"글쎄, 그건 모르겠네. 다들 도망쳐 나왔으니까. 모르지, 쓸 만한 거 하나라도 더 구하려고 시뻘건 불길이 창문으로 막 쏟아져 나오는데도 안으로 들어가고 그랬으니까. 실성한 것처럼 고래고래 소리치는 사람도 있었고."

또 하나의 벽이 나타났다. 아주머니의 말은 더 이어졌지만 그 애 얘기는 끝내 나오지 않았다. 혹시 알 수 없는 일이니까 대놓고 물어볼까? 하지만 어떻게 말해야 하지?

그때 여러 명의 손님들이 왁자지껄 떠들며 들어왔고, 나는 그만 일어서야 했다.

"또 오너라."

아주머니가 입구까지 따라 나와서 웃으며 말했다.

8

아파트 엘리베이터를 타려는 순간 엄마한테서 전화가 왔다. 엄마
는 식탁을 다 차려놓고 기다리고 있었다. 나는 교복을 벗고 세수를
한 다음 식탁에 앉았다. 원래 양이 많은 해장국에 엄청나게 굵은 감
자 한 알까지 덤으로 더 먹은 터라 도저히 음식을 먹을 상태가 아니
었다. 그런데 하필이면 내가 좋아하는 잡채가 한 접시 가득 놓여 있
었다.

"도서관에 지금까지 있었어?"

엄마가 물었다.

"아니, 좀 걸어다녔어."

"어디를?"

"그냥 이리저리 정처 없이."

"어이구, 가을이라도 타는 거니?"

"응, 그런가 봐."

둥글게 쌓여 있는 잡채를 보니 절로 한숨이 나왔다. 나는 터져 나오려는 한숨을 속으로 삼키며 어떻게 할까 고민했다.

엄청나게 굵은 감자 한 알이 덤으로 나온 뼈다귀 해장국을 먹었다고 사실대로 말할까? 그러면 엄마는 누구랑, 어디서, 왜 먹게 되었느냐고 묻는 것을 시작으로, 마치 감자를 캐듯이 이것저것 계속 묻게 되겠지?

"못 보던 게 느껴져."

엄마가 내 얼굴을 유심히 살폈다.

"뭐가?"

"네 표정이."

"내 표정이 뭐?"

"뭔가 있는 거 같은데, 낯설어. 뭐야, 말해봐."

'사실은 배가 무지 불러.'

나는 속으로 말했다.

'그래서 엄마가 만든 이 잡채를 맛있게 먹어줄 수가 없어.'

"낯설다니, 뭐가?"

"너, 여자 친구 생겼니?"

나는 핫, 하고 웃었다. 그러면서 민혜를 떠올렸다.

"엄마는 그 생각 해봤어?"

나는 난관을 돌파하기 위하여 결국 아빠 얘기로 말머리를 돌렸다.

"무슨?"

"아빠가 구해낸 애 말이야."

살짝 미소를 띠고 심문하듯 나를 쳐다보던 엄마의 얼굴에 그림자처럼 쓸쓸한 기운이 드리워졌다.

"그 애가 왜?"

"지금 어떻게 살고 있을까?"

엄마는 잠시 뜸을 들이더니 말했다.

"아마 잘 살고 있을 거야. 요즘 그게 그렇게 궁금하니?"

"응. 그 애 부모도 그렇고."

나는 최대한 맛있게 먹는 모습을 보이려고 애쓰면서 잡채를 조금씩 씹어 삼켰다.

"그동안 그 사람들에 대해서 뭐 들은 거 없었어?"

엄마가 고개를 저었다.

"요즘 왜 그런 게 그렇게 궁금하니?"

가만히 있던 엄마가 말했다.

"그냥."

나는 젓가락으로 채 썬 당근 한 조각을 집어 입에 넣었다.

"그냥이 뭐야?"

"정말 그냥이야. 학교 창고에 불나고 나서 갑자기 그렇게 됐어."

엄마가 눈길을 다른 곳으로 가져갔다.

"그래. 나도 궁금하긴 하네."

엄마는 내가 잡채를 먹는 시늉만 하고 있는데도 전혀 눈치채지 못했다.

"정말이야?"

"그럼."

그 말을 끝으로 엄마는 서둘렀다. 고등학교 동창들 몇 명과 약속이 있다고 했다. 그 때문에 평소보다 일찍 와서 저녁을 차린 것이었다. 오늘은 여러 가지로 운이 좋네, 하고 나는 생각했다. 엄마가 옷입는 걸 봐주고 도와주느라 억지로 잡채를 먹지 않아도 되었다.

금요일, 등교하면서 보니 '접근 금지' 띠 바로 안쪽에 불도저, 트럭, 작은 기중기 등이 도열해 있었다. 이제 불에 탄 창고를 철거하려는 모양이었다. 마치 여기저기 불을 지르듯이 앞다투어 새로운 방화범을 만들어내다가 금세 지쳐버린 아이들 사이에도 철거 얘기가 오가고 있었다.

식당에서 점심을 먹고 있을 때였다. 불도저가 움직이기 시작했다는 얘기가 식당 입구에서 내가 있던 안쪽까지 마치 바람 부는 날 바싹 마른 잔디밭에 놓은 불처럼 순식간에 쭉 번져왔다. 그러자 나와 같은 식탁에 앉아 있던 승호와 다른 두 멍청이가 정신없이 밥을 먹어치우고는 밖으로 뛰어나갔다. 하지만 하교할 때까지 철거 작업은 전혀 없었다.

승호와 나는 교문을 향해 일직선으로 운동장을 걸어갔다.

"왜 구경하러 안 가냐?"

내가 비꼬듯이 말하자 승호가 시큰둥하게 받았다.

"구경은 ××! 지겨워!"

"뭐? 지겨워?"

"그래, 지겨워."

"쳇! 밥 먹다가 튀어나가놓고선."

"지겨워, 지겨워, 지겨워. ××, ××, ××!"

녀석이 개구쟁이 얼굴로 말했다.

사실 이제 다른 아이들도 지겨워했다. 그러나 관심이 아주 없어진 건 아니었다. 어떤 애가 그럴듯한 새로운 불을 지르면 다시 눈을 반짝이며 달려들었다. 그러나 금세 떨어져나갔다. 그 애들은 그런 식으로 순식간에 확 타올랐다가 금세 재가 되어버리는 바보짓을 반복했다.

"하지만 넌 구경할 거잖아, 자식아."

나는 일부러 승호를 몰아붙였다.

"뭐?"

"불도저가 움직이기 시작하면 달려갈 거 아니냐고, 인마."

"그야 당연하지, 자식아."

녀석은 웬만해선 기분이 꺾이지 않는 놈이었다.

"뭐가 당연해? 지겹다면서, 자식아."

"야, 그럼 넌 네 눈앞에서 불도저가 부르릉거리는데도 안 보냐, 바보야?"

퍼뜩 떠오른 게 있어 내가 대꾸를 안 하자 녀석이 다그쳤다.

"아니냐고, 자식아?"

아니라고 외치고 싶었지만 그럴 수가 없었다. 나도 아마 눈을 커다랗게 뜨고 구경하게 될 테니 말이다.

그런데 나는 왜 보게 될까? 퍼뜩 떠오른 게 바로 이 질문이었다. 그것도 아마 즐거워하면서 그럴 텐데, 평소에 자주 볼 수 없는 것이어서 그럴까? 불이 나거나 사람들이 싸우는 걸 구경하면 재미있는 것도 평소에 흔히 볼 수 없는 것이어서 그런 것일까? 불도저가 시내버스처럼 밤낮으로 거리를 오가고, 매일 어느 이웃집에서 불이 나고, 한시가 멀다 하고 싸우는 사람들이 눈에 띄게 되면, 더 이상 그런 걸 구경하지 않게 될까? 하지만, 그렇다면 야구나 축구는 왜 자주 봐도 재미가 있을까?

"자냐? 왜 말이 없어?"

승호가 소리를 질렀다.

"맞아."

"뭐?"

"나도 볼 거라고."

"넌 그걸 생각해봐야 아냐, 자식아?"

"쯧쯧, 참새가 황새의 뜻을 어떻게 알겠냐?"

"뭐?"

"너무 알려고 하지 마, 인마."

"이 자식이 뭐라는 거야."

"잘 가, 참새."

승호와 헤어진 나는 엄마의 화장품 가게 쪽으로 방향을 틀었다. 엄마가 함께 강을 보러 들어가자고 아침에 말했기 때문이다.

9

토요일 오후, 나는 다시 시장을 찾았고, 곧장 그 감자탕집으로 갔다. 혹시 그 할아버지가 또 근처를 배회하고 있지 않을까 했으나 보이지 않았다. 할아버지 덕에 감자탕집 아주머니를 알게 되었지만, 죄송하게도 그때는 마주치고 싶지 않았다.

문을 열고 들어섰다. 아주머니는 꼭 그날처럼 같은 탁자의 같은 위치에 앉아서 깻잎을 손질하고 있었다.

"어, 너로구나. 어서 와."

교복 차림이 아닌데도 아주머니는 바로 나를 알아보고 반가워했다.

"해장국 한 그릇 먹으려고요."

나는 아주머니의 맞은편에 앉으며 말했다.

"응, 그래. 조금만 기다려."

아주머니는 내가 뼈다귀를 건져내 살코기를 발라내는 동안 재래
시장 경기와 정치인들에 대해서 왔다 갔다 하며 중얼중얼 늘어놓았
다. 나보고 들으라고 하는 말이 아니라 그냥 습관적으로 늘어놓는
푸념 같았다.

"저기, 그때 불났을 때 말이에요."

아주머니가 말을 멈췄을 때 나는 재빨리 끼어들었다.

"응?"

"사실은 그때 얘기 좀 더 듣고 싶어서 왔어요. 물론 이것도 먹고
싶었고요."

"그때 얘기?"

나는 거짓말을 하나 준비해왔다. 사회 과목 숙제로 우리 동네나
주변 동네의 숨겨진 역사에 대해서 쓰는 것이 있다고 했다.

"예를 들면 재래시장이 있던 게 없어지고 대형 마트가 생겼을 경
우, 그 과정과 주민들의 생각에 대해 조사해서 글을 써요."

조별로 나눠서 실제로 그런 과제를 몇 차례 해본 적이 있었다.

"요즘은 별 공부를 다 하는구나."

내 설명을 들은 아주머니가 말했다. 얼굴에 잠시 떠올랐던 의문
도 깨끗이 사라졌다.

"제가 듣고 싶은 건 그때 일어났던 화재에 대한 얘기에요."

깻잎을 다듬으며 아주머니가 고개를 끄덕였다.

"그때 화재를 진압하다가 돌아가셨다는 소방관 말이에요."

아주머니가 다시 고개를 끄덕였다. 그러나 나를 쳐다보지는 않았

다. 혼자서도 중얼중얼 잘 얘기하던 분이 조사를 한다니까 조금 긴장을 하시는 것 같았다.

"그 소방관 얘기 좀 해주세요."

그제야 아주머니는 부지런히 움직이던 두 손을 멈추고 생각을 더듬었다. 그런 다음 흠, 하더니 깻잎 다듬기를 계속했다.

"뭐, 특별한 건 없어. 기억도 희미하고."

그렇게 말하고 아주머니는 입을 다물었다.

나는 맥이 빠지려고 했다.

"아!"

잠시 뒤, 아주머니가 환하게 표정이 밝아지며 목소리를 높였다.

"장례식 때 여기 시장에서 대표로 몇 사람이 찾아갔어."

"정말요?"

나는 기뻐하면서 대꾸했다.

"응. 맞아. 그랬어. 기억이 나."

그런 다음 아주머니는 또다시 입을 다물었다. 꽃처럼 활짝 피어났던 표정도 평상시의 모습으로 돌아갔다. 대표로 몇 사람이 갔다고 하니까 아주머니는 장례식에 대해서 아는 게 없을 것이다. 그러니까 입을 다물 수밖에.

'그 장례식에 저도 있었어요' 하고 나는 속으로 말했다. '하지만 저도 기억나는 게 아무것도 없어요.'

갑자기 슬퍼지려고 했다. 나는 국물에 밥을 말고는 숟가락 가득 떠서 입에 넣고 시원한 무김치와 함께 힘차게 씹기를 반복했다. 그러자 속에서 불꽃처럼 피어오르던 슬픔이 스르르 가라앉았다.

　나는 기계적으로 계속 숟가락질을 하다가 정신을 차렸다. 뭔가를 다시 물어야 한다. 아주머니가 아시든 모르시든 말하게 해야 한다. 아주머니한테서 꼭 모르던 사실을 들어야 하는 건 아니었다. 그저 어떤 말이라도 듣고 싶었다. 새로운 손님들이 우르르 들어오면 말도 꺼내기 어려울 테니까……

　"저, 그때 돌아가신 소방관 말이에요."

　"응?"

　"그분이 어떤 애를 구했다고 하던데, 혹시 아세요?"

　"그래?"

　아주머니는 처음 듣는 얘기라는 반응을 보였다.

　"글쎄다, 그건 모르겠는데. 누가 그래?"

　"신문 기사에서 봤어요. 인터넷으로요."

　아주머니는 다시 기억을 더듬었다. 그러고는 고개를 갸우뚱했다.

　"모르겠네. 그건 기억에 없는데."

　다시 맥이 빠지려고 했다. 그러나 나는 그 감정을 허용하지 않았다. 처음 시장을 찾을 때만 해도, 화재 현장은 다 사라졌을 테니 시장이라도 그냥 있으면 좋겠다고 생각했었다. 그저 시장이 원래 모습대로 있으면 그것만으로도 위로가 될 거라고 생각했었다. 그러니까 그 정도까지 가게 된 것도 대단한 것이었다. 거기까지가 그 애를 찾아가는 내 여행의 한계라고 해도 전혀 실망할 일이 아니었다.

　나는 뚝배기에 남은 국물을 마지막 한 방울까지 씩씩하게 긁어 먹었다. 엄청나게 굵은 감자를 두 알이라도 더 먹을 수 있을 것 같았으나 아주머니는 숟가락을 놓을 때까지 자리에서 움직이지 않았다. 틀림없이 내가 물은 몇 마디에 대답하느라고 긴장해서 잊어버린 것 같았다.

젊은 남녀 커플 네 명이 들어왔다. 나는 그들이 들어와준 게 오히려 고마웠다. 일어서서 인사를 하자 재빨리 주방으로 돌아가던 아주머니가 환하게 웃으며 잘 가라고 했다.

나는 문을 열었다. 그리고 밖으로 나선 순간이었다. 문이 닫히는 소리 사이로 아주머니의 다급한 목소리가 들려왔다.

"애. 잠깐. 잠깐만."

나는 다시 문을 열고 식당 안으로 머리를 밀어 넣었다.

"내가 그 생각을 못했네!"

문 가까이 다가오며 아주머니가 말했다.

"네?"

"회장님한테 물어보면 알 수 있을지도 몰라."

"회장님요?"

"응. 그때 시장 번영회 회장을 했던 영감님이 계셔."

"어디요?"

아주머니는 밖으로까지 나와서 손짓을 하며 가르쳐주었다. 굳이 그럴 필요도 없었다. 시장 통로의 끝에 있는 건물이었다. 1층에 시장 관리사무소가 있고 2층에 사랑방이 있는데 회장님이 거의 매일 거기에 나오신다는 것이었다.

"고맙습니다."

나는 허리를 깊이 숙여 인사를 했다.

어떤 말을 듣게 될지 알 수 없었지만, 거의 꺼져가던 불이 반짝
되살아난 것만으로도 일단 고마웠다.

"아참, 내가 전화해줄게."

돌아서던 아주머니가 말했다.

"고맙습니다."

나는 다시 한 번 허리를 숙였다.

사랑방은 문이 열려 있었다. 가운데에 탁자를 두고 양쪽으로 긴
가죽 소파가 있었는데, 할아버지 두 분이 바둑판을 놓고 옥신각신
하고 있었고, 양복을 쫙 빼입은 또 다른 할아버지 한 분이 '이런 멍
청이들!' 하는 표정으로 빙그레 웃으며 둘을 지켜보고 있었다.

양복을 빼입은 할아버지는 한가운데 일인용 소파에 앉아 있었는
데, 뒤편 벽에는 액자에 넣은 태극기가 걸려 있었다.

나는 안으로 들어서며 왼쪽 벽에 탁자 하나와 두 개의 캐비닛이
있고, 오른쪽의 좁고 긴 선반에 각종 화분이 잔뜩 놓여 있는 걸 보
았다.

양복을 빼입은 할아버지가 나를 바라보았고, 바둑판을 놓고 머리
를 맞댄 두 사람은 나를 힐끔 본 뒤 계속 옥신각신했다.

내가 허리를 숙여 인사하자 양복을 빼입은 할아버지가 밝은 표
정으로 나를 맞아주었다. 회장님이 분명한 그 할아버지는 가까이

오라고 손짓을 했다. 나는 시키는 대로 가까이 가서 보조의자에
앉았다.

"얘기 들었다."

할아버지가 갑자기 소리를 질렀다. 다른 두 할아버지가 큰 소리
로 옥신각신하고 있어서 그렇게 하지 않을 수가 없었다.

"원래 이래."

회장님이 소리를 지르고 웃었다.

"네."

내 목소리는 두 할아버지의 목소리에 묻혀버렸다.

"야, 이 멍청이들아, 이제 좀 그만해라."

회장님이 두 할아버지에게 소리쳤다.

"에이!"

한 할아버지가 벌떡 일어서서 문 쪽으로 갔다.

"야, 어디 가."

남은 할아버지가 소리쳤다.

"알 거 없어."

일어서서 나가던 할아버지가 맞받아 외쳤다.

"어휴, 저 더러운 성질하고는."

남은 할아버지가 말했다. 보기 싫다는 듯 고개를 돌렸는데 마침
내 눈과 마주치자 잠시 멈춰 빤히 바라보았다.

나는 당황하여 눈길을 돌렸다.

"너도 꼭 같다 이놈아."

회장님이 말했다.

"젠장!"

남은 할아버지도 일어섰다.

"이따가 저기서 봐."

그가 말했다.

"알았어. 어서 꺼져."

회장님이 말했고, 그는 나갔다.

갑자기 조용해졌다. 할아버지가 빙그레 웃으며 쳐다보았다. 긴장이 되었다. 나는 헛기침을 하고 감자탕집 아주머니에게 했던 약간의 거짓말을 되풀이했다. 회장님은 다 잘 안다는 듯 느긋하게 고개를 끄덕였다.

"혹시 그때 살아난 그 아이에 대해서 아세요?"

나는 순직한 소방관 얘기까지 하고 나서 물었다.

"그럼, 알지."

너무 쉽게 대답해서 의심스러우면서도 살짝 소름이 돋았다.

"한형칠이 손자야."

"네?"

"한형칠이 손자라고."

속에서 타닥타닥 소리를 내며 타고 있던 아주 작은 모닥불이 한순간에 커다란 캠프파이어로 자라났다.

"그 사람 아들하고 며느리가 일층에서 대설레 만드는 일을 했지.

며느리가 참 열심히 했어. 생긴 것도 참 예쁘고 사람이 경우 바르고 그랬어. 시아버지한테도 잘하고. 그 영감, 팔자가 좋았지."

할아버지는 큰 소리로 웃고 나서 말을 이었다.

"한형칠이가 술을 좋아해서 나하고 잘 어울렸는데, 지금은 세상 떴어."

할아버지는 실실 웃었다. 꼭 농담을 하는 것 같았다.

"그럼 그때 건물에 살던 사람들은 다 이사 갔나요?"

캠프파이어가 회장님에게 물었다.

"응. 그랬지."

회장님이 기다렸다는 듯 대답했다.

"그럼 그 사람들은 어디로 갔어요?"

"누구? 한형칠이? 그 사람들은 B동으로 갔지. 그 영감 때문에 내가 잘 알지."

B동이면 우리 동네 바로 옆 동네다. 나는 점점 흥분되었다.

"그분은 그 동네에서 돌아가셨나요?"

"응, 그랬지. 그래도 아들 며느리는 지금도 거기서 살아. B국민학교 앞에서 문방구를 해."

할아버지는 옛날 식으로 국민학교라고 말했다.

"정말이에요?"

나는 하마터면 소리를 지를 뻔했다. 마치 오래전부터 준비를 해 놓고 내가 오기를 기다린 것처럼 대답이 너무 쉽게 흘러나와서 도 저히 믿을 수가 없었다.

"그럼. 그 영감 죽을 때까지 거기 있었으니까. 내가 종종 놀러가 곤 했지."

"그분이 언제 돌아가셨는데요?"

"에, 또…… 한 사오 년 됐나?"

그때 바둑판을 앞에 두고 싸우다가 먼저 나가버린 할아버지가 나타났다.

"그놈 어디 갔어?"

그가 묻자 나와 얘기하던 것과 달리 회장님은 꽥 소리를 질렀다.

"아, 네놈 찾아 나갔지!"

나는 움찔했다.

"왜 소리는 지르고 지랄이야."

그 할아버지도 놀란 모양이었다. 그는 소파에 털썩 주저앉으며 말을 이었다.

"아, 다 지켜보고 있었으면서 왜 아무 말도 안 한 거야?"

"뭔 소리냐, 그게?"

회장님이 말했다.

"아, 그놈이 장난친 거 당신도 다 봤잖아? 왜 아무 말 않고 구경 만 하느냐 말이야."

"당신이 장난치는 것도 봤네, 이 영감아."

두 사람의 목소리가 점점 커져갔다. 둘은 재미로 말싸움을 하는 것 같았다. 좀처럼 말을 그치지 않았다.

나는 벽에 걸린 시계를 보았다. 이제 가야 할 시간이었다. 엄마에게 또 거짓말을 하고 싶지 않았다. 그렇지만 조금 기다렸다가, 어쩌면 회장님 할아버지가 참석했을 장례식에 대해서 물어보고 싶기도 했다. 순간적으로 갈등이 되면서 갑자기 초조해졌다. 나는 혹시 두 분의 장난 같은 말싸움이 금방 끝날까 하고 기다려보았다. 그러나 10분이 지나도록 말을 그치지 않았다.

나는 그만 일어서기로 했다. B초등학교 앞에서 문방구를 한다는 귀중한 정보를 얻었으니 그것으로 대성공이었다. 필요할 경우 할아버지를 뵈러 다시 오면 될 것이다.

"저……"

나는 엉거주춤 일어서며 입을 열었다.

"응?"

회장님이 내 쪽으로 고개를 돌렸다. 큰 소리로 말싸움을 하던 할아버지도 뚝 입을 닫고 나를 바라보았다.

"그만 가봐야겠어요."

"아, 그래. 어서 가."

할아버지는 마치 그 말이 나오기를 기다렸다는 듯이 활짝 웃으며 말했다.

"안녕히 계세요."

나는 허리를 숙여 두 사람 모두에게 인사를 했다.

"오냐, 그래. 서울대 들어가면 오너라."

회장님이 웃으며 말했다.

"이런 젠장, 당신한테는 서울대만 대학이냐?"

다른 할아버지가 팩 소리를 질렀다.

"다른 대학 들어가도 돼. 알았지?"

그 할아버지가 나를 보고 말했다.

"네."

나는 웃으며 대답했다. 그리고 돌아서서 밖으로 나오는데, 두 사람은 서울대가 어쩌고저쩌고하며 다시 옥신각신하기 시작했다.

10

월요일.

불에 탄 창고의 잔해가 말끔히 사라졌다. 주말에 작업을 한 모양이었다. 더러운 잿더미가 정리되고 나니 그곳이 굉장히 넓어 보였다. 아무것도 없는 텅 빈 그곳이 이상하게 느껴져 한참이나 바라보았다. 아이들의 환호성과 소방차의 사이렌 소리가 떠올랐다. 한 시간 남짓 활활 타오른 대가로 거의 100년의 기억이 사라져버렸다.

조회 시간에 교장 선생님이 TV모니터에 나타났다. 교장 선생님은 화재 사건에 대해서 말했다.

"허황한 소문이 많습니다. 모두 다 거짓된 이야기이니 현혹되지 말기 바랍니다. 현재 경찰이 조사 중이고, 짐작건대 대수롭지 않은 화재 사건이 아닐까 추정하고 있습니다. 곧 발표가 있으리라 봅니다. 소문들 중에는 악의적인 것이 있습니다. 그런 소문을 퍼뜨리는 사람은 처벌받을 수 있으니 주의하기 바랍니다. 그럼 모두들 중간고사에서 좋은 성적을 거두기를 기원하겠습니다."

등등, 기타 등등.

아이들의 반응은 시큰둥했다. 교장 선생님의 말씀이 늦어도 한참 뒤늦은 것이었기 때문이다. 들불 같았던 아이들의 관심은 이미 대부분 잿더미가 되어버렸다. 순간적으로 활활 타오르던 불이 꺼지자 창고가 있던 자리처럼 텅 비어 공허해져버렸다.

아이들은 '좋은 성적을 기원하겠다'는 말에만 환호를, 그것도 야유성 환호를 보냈다.

화요일.

중간고사 시작. 시험에 대해서는 침묵이 최고다.

수요일.

침묵. 침묵.

목요일.

저녁에 사진작가 아저씨가 왔다. 중요한 사업상 약속이 있는 엄마를 대신해 나의 저녁을 챙겨주기 위해서다. 아저씨는 장을 봐온 재료들로 멋진 해물 스파게티를 만들어주었다. 인정하기 싫지만 정직하게 말하자면 우리 엄마보다 '아주 쬐끔' 더 잘한다.

마주 보고 앉아서 식사를 하던 중의 일이다. 어느 순간 이상한 느낌에 고개를 드니 아저씨가 빙그레 웃으며 나를 보고 있었다. 2, 3초, '뭐지?' 하던 나는 내가 실실 웃고 있었다는 걸 알아차렸다.

"뭐 재미있는 일이 있나 봐."

사진작가 아저씨가 말했다.

"아주 행복하게 보이는데?"

"이 해물 스파게티가 정말 맛있어서요."

나는 얼른 말했다.

실은 B초등학교 앞에 있다는 문방구를 찾아가서 몰래 그 애를 지켜보는 장면을 상상하고 있었다. 가끔 그렇게 머리를 굴리면 기분이 괜찮았다. 내가 행복하기를 바라는 애를 상상하는 것이니까 내 기분이 좋지 않을 수 없는 거겠지.

"획기적인 정보를 얻었어요."

나는 참지 못하고 아저씨에게 말해버렸다. 그러고는 나에 대한 관심이 무지무지 많은 데다가 눈치까지 엄청나게 빠른 아저씨가 "그 애에 대해서?" 하고 곧장 되물은 순간 번쩍 정신을 차렸다.

"어⋯⋯ 네. 그 애 부모님이 B초등학교 앞에서 문방구를 하나 봐요. 하지만 엉터리 정보일지도 몰라요. 아직 확인을 안 해봤거든요. 그래서 더 해드릴 얘기는 없어요."

아저씨가 더 이상 묻지 않게 하려고 한꺼번에 떠들고 보니 결국 내가 할 수 있는 모든 얘기를 다 한 셈이 되어버렸다.

"음" 하며 아저씨가 크게 고개를 끄덕끄덕 했다. 웃음이 터져 나오려는 걸 억지로 참고 있는 것처럼 보였다.

금요일.

시험이 끝났다. 시험이 막을 내렸다. 시험이 죽었다. 시험이 불에 타버렸다. 시험이 재를 남기고 사라졌다……

엄마와 아파트 단지 뒤편의 오솔길을 걸었다. 점심을 먹고 나서 엄마가 그러자고 했다. 엄마는 내 팔짱을 끼고, 조금씩 빛깔이 변해가고 있는 나뭇잎들을 구경하면서 천천히 걸었다. 그러다가 외삼촌네 식구들이 미국으로 간 뒤 내가 부쩍 외로워 보일 때가 많다며 미안하다고 했다.

나는 바로 아니라고 반박했다. 하지만 사실은 조금 그랬다. 어릴 때부터 한 식구처럼 어울리며 살아오다가 두 사람이 없어지자 처음엔 엄청나게 허전했다.

그리고 보니 그때부터 아빠에 대한 생각이 늘어났던 것 같다. 그러다가 학교 창고가 불타면서 그 애 생각이 내 마음의 빈 곳을 채웠다.

"내후년에 오는데 뭐."

내가 덧붙이자 엄마가 말했다.

"보고 싶긴 보고 싶은가 보구나."

"그거야 그렇지, 당연히. 그런데 뭐가 미안하다는 거야?"

"글쎄, 뭐라고 말해야 정확할까……"

엄마는 머뭇거렸다.

아빠가 안 계셔서,라고 말하는 거 아닐까 하고 나는 기다렸다. 그러나 엄마는 아빠 얘기는 입에 올리지 않았다.

"네가 외로워 보이면 내 마음도 좀 안 좋아."

"왜?"

"넌 아직 외로움 같은 건 모르고 살아야 할 나이니까."

나는 이번에도 바로 아니라고 반박했다.

"외로움을 모를 수는 없어. 멍청이가 아니라면. 갓난아기들도 외롭다고 막 울잖아."

엄마가 웃었다.

"그런 거 말고. 요즘 네 얼굴에 가끔 떠오르는 쓸쓸한 기운은 어른들의 얼굴에서 보이는 그런 거야."

"그거야 뭐, 나도 나이를 먹고 있으니까……"

엄마가 또 소리 내어 웃었다.

"어이구, 그래. 외로워하지 말고 씩씩하게 무럭무럭 더 자라라. 아직 넌 어른 되려면 한참 남았으니까."

우리는 고운 모래를 깔아놓은 어린이 놀이터를 지나갔다. 그리고 다시 오솔길을 걸어 집으로 향했다.

엄마는 결국 아빠 얘기를 하지 않았다. 내가 먼저 꺼내볼까 하다가 그만두었다. 모처럼 좋은 분위기를 망칠지도 모르니까.

"종운이 너, 이제 곧 고등학생이 돼."

오솔길이 끝나갈 무렵 엄마가 말했다.

"흠."

나는 정말 어른들처럼 콧소리를 내면서 길게 숨을 내뿜었다.

"무슨 소리니, 그건?"

"결국엔 원점으로 돌아왔잖아. 공부 얘기!"

"너, 어른들한테서 공부하라는 말 들을 때가 제일 좋은 때다."

그건 한 만 번쯤 들은 말이다.

"알았어, 고마워."

내가 말했다.

그래, 정말 곧 고등학생이 된다. 그러면 대학 진학을 놓고 모든 사람들과 피곤한 관계가 되겠지. 친구들과도, 친구가 아닌 아이들과도, 엄마와도, 학교 선생들과도, 학원 선생들과도…… 때로 방화범이 되어 서로의 가슴에 불을 지르면서……

어서 그 애를 만나보고 싶다.

11

지하철을 내린 나는 신축 아파트 단지를 가로질러 오래된 주택가에 있는 B초등학교 쪽으로 빠져나갔다. 학교 홈페이지에서 찾아가는 길을 봐두어서 어렵지 않았다.

아파트 단지를 빠져나가 상가 거리를 지나자 전혀 다른 풍경이 펼쳐져 있었다. 소박하고 푸근한 느낌을 주는 주택가였다. 좁은 길을 따라 오래된 플라타너스들이 줄지어 서 있고, 집집마다 조그만 마당의 나무들이 담 밖으로 가지를 내뻗고 있었다.

목표 지점에 도착한 나는 거리를 두고 주변을 살펴본 뒤 서둘러 작전에 들어갔다. 다짐한 게 있었다. 주저하지 말고, 시간 끌지 말고, 일단 바로바로 행동하기로 했다.

학교 앞에는 세 개의 문방구가 있었다. 먼저 학교 좌우측에 하나씩 있었는데, 그 둘은 학교 담장이 끝나며 시작되는 상가 초입에 있어서 쉽게 찾을 수 있었다.

　나는 처음엔 그 둘뿐이겠거니 생각했다. 그러나 아닐 수도 있겠
다는 느낌이 들어서 아이들에게 물어보았다. 역시, 학교 오른쪽으
로 꽤 떨어진 곳에 하나가 더 있었다.

　나는 가장 크고 깨끗한 첫번째 가게로 다가갔다. 맥박이 빨라지
기 시작했다. 억지로 냉정을 가장했지만 심장이 빨리 뛰는 것까지
막을 수는 없었다. 숨을 크게 쉬고 안으로 들어갔다.

　너덧 명의 아이들이 물건을 고르며 떠들고 있었다. 중앙 진열대
복사기 옆에 서 있던 아주머니가 나를 맞았다. 얼굴 가득 눈웃음을
짓고 있어서 처음 대하는데도 편안했다. 그렇지만 역시 바로 말하
기가 어려웠다. 주저하지 말자고 그렇게 다짐했는데도 그랬다.

　나는 지우개를 하나 골랐다. 그런 다음 다른 것들을 살펴보는 척
하며 시간을 끌었다. 미리 이 궁리 저 궁리해보았지만, 자연스럽게
물어볼 수 있는 뾰족한 방법을 찾지 못한 탓이었다.

　아이들이 모두 나가줬으면 싶었다. 그러나 녀석들이 내 마음을
알 리가 없었다. 그 애들은 전혀 나갈 기미를 보이지 않았다. 더 이
상 지체할 수 없었다. 감자탕집 아주머니와 회장님을 만난 시장에
비하면 우리 집과 훨씬 가깝지만, 문방구 두 곳을 더 살펴보고 엄마
가 눈치채지 못하게 식탁에 가 앉으려면 서둘러야 했다.

　카운터로 가서 지우개를 내밀고 가격을 물었다. 그러고는 거스름
돈을 꺼내는 아주머니의 손에 눈길을 얹고 있다가 마침내 용기를

내 K동에 산 적이 있느냐고 물었다.

"아닌데. 왜 그러니?"

아주머니가 바로 대답했다. 아주머니의 입에서 아니, 라는 말이 나온 순간 내 얼굴에 먹구름이 끼는 게 느껴졌다. 나는 억지로 조금 웃어 보이며 "그냥……" 하고 얼버무렸다. 그러고는 잘 가라는 아주머니의 말에 제대로 대꾸도 하지 못한 채 밖으로 나오고 말았다.

행인들이 오가는 길가에 한참 서 있었다. 기분이 뒤숭숭했다. 나는 그 아주머니가 마음에 들었다. 그런데 내가 기대한 사람이 아니었다. 피곤이 몰려왔다. 집을 생각했고, 동굴처럼 포근하게 나를 감싸주는 내 이불을 생각했다.

나는 불편한 감정을 떨치기 위해 머리를 흔들었고 주먹을 꼭 쥐었다 놓았다. 그리고 속으로 기합도 넣었다. 어쨌든 끝까지 가보는 것이다. 중요한 한 걸음을 뗐으니 이제부터는 쉽겠지. 가자! 가자!

두번째 문방구는 온통 핑크빛으로 자그마하고 귀여웠다. 만화에서 튀어나온 선물 가게처럼 보였다. 나는 가장자리에 장미꽃과 줄기가 그려진 유리창 안으로 여자를 보았다. 생글생글 웃으며 전화 통화를 하고 있는 그 여자를 본 순간 저절로 질문이 떠올랐다.

'점원일까, 주인일까?'

오래 생각할 필요도 없었다. 바로 주인일 거라고 생각되었다. 그렇게 작은 가게에 점원이 있을 리 없는 것이다. 또다시 실망이었고,

좌절이었다. 들어갈까 말까 갈등하고 있는데 내 뒤에서 "엄마!" 하고 외치는 소리가 들려왔다. 돌아보니 잘해야 초등학교 1학년이거나 유치원생일 것 같은 여자애였다.

내가 비켜서자 그 애는 또 "엄마!" 하고 소리치며 문을 열어젖혔다. 가게 안쪽의 젊은 여자가 서둘러 전화 통화를 끝내는 게 보였다. 그 여자는 활짝 웃으며 "어, 우리 애기!" 하고 큰 소리로 여자애를 반겼다. 아이는 키를 낮추고 팔을 벌린 엄마의 품속으로 재빨리 뛰어들었다.

내 판단이 맞았다. 두번째 문방구도 그 애와는 아무런 상관이 없었다. 이제 남은 것은 하나였다.

나는 터덜터덜 걸어갔다. 하늘을 보았다. 맑고 푸르고 선선했다. 엉뚱한 생각이 떠올랐다. 가을 하늘은 왜 높아 보이는 것일까? 언젠가 선생님이 설명해주었던 것 같은데 기억나지 않았다.

운동장에서 아이들이 공을 차며 놀고 있는 학교를 지나 계속 천천히 걸어갔다. 세번째 문방구는 학교 옆으로 다닥다닥 늘어선 가게 행렬이 끝나고 일반 주택이 십여 채 이어진 다음 뚝 떨어져 있었다. 다른 가게는 없고 그 가게뿐이었다.

빛이 바랜 '철이 문방구'라는 간판이 달려 있었다. 그러나 문방구라기보다는 아이들을 상대로 하는 작은 음식점 같았다. 입구에 포장마차 같은 게 만들어져 있었는데, 거기서 김밥, 어묵, 떡볶이 등을 팔았다.

내가 갔을 때, 남자아이 둘이 떡볶이를 먹고 있었고, 얼굴이 퉁퉁한 아주머니가 포장 안쪽의 높은 의자에 앉아서 김밥을 말고 있었다. 한여름처럼 반팔 티셔츠를 입었는데 팔뚝이 몹시 퉁퉁했다.

나는 조금 떨어진 곳에서 멈췄다. 그러고는 이상하고 불편한 느낌에 사로잡힌 채 아주머니를 바라보았다. 우리 엄마보다 몇 살 더 많을 것 같았는데 피곤한지 표정이 밝지 않았다. 바로바로 작전을 수행하고 보자는 단호한 다짐에도 불구하고 몸이 움직여주지 않았다.

길가에 서서 10분을 보냈던 것 같다. 여전히 머뭇거리고 있는데 한 남자가 골목에서 나오는 게 보였다. 몹시 지친 표정의 아저씨였는데, 내가 아저씨를 눈여겨보기 시작한 순간 "어디 가, 또?" 하고 퉁명스럽게 외치는 소리가 들려왔다.

나는 얼른 돌아보았다. 아주머니가 아저씨를 쏘아보고 있었다. 하지만 남자는 전혀 반응을 보이지 않았다. 마치 다른 차원에 속해 있는 사람처럼 눈곱만큼의 반응도 보여주지 않았다. 그는 내가 가로질러 온 아파트 단지 쪽으로 천천히 걸어갔다.

그로부터 2분쯤 뒤, 남자아이 둘이 계산을 하고 떠난 뒤에야 나는 슬금슬금 포장마차로 다가갔다. 아주머니가 나를 보았다.

"어서 와. 뭐 먹을 거야?"

웃음을 머금으니 거리감이 느껴지던 얼굴이 조금은 편해 보였다.

"예. 어묵 좀……"

나는 우물우물 말했다.

"응. 그쪽에 있는 거 먹어."

아주머니는 사각형 어묵통의 맨 오른쪽 칸을 가리켰다.

"거기 찍어 먹어."

내가 꼬치 하나를 빼서 들자 아주머니가 다시 말했다. 겉보기보단 친절하고 부드럽다고 생각하며 손가락으로 가리킨 곳을 보니 간장통이 있었다. 하지만 몹시 더러워 보여서 찍는 시늉만 하고 그냥 먹었다. 아주머니가 새 종이컵에 떠준 국물은 후후 입김을 불어가며 맛있게 먹었다.

자, 이제 임무를 수행해야지, 하고 나는 속으로 말했다. 한 무리의 아이들이 몰려들거나 하면 말을 꺼내기도 어려울 테니까. 그렇게 생각하자 다시 심장이 뛰기 시작했다.

나는 어묵을 먹으며 생각을 정리했다. 앞서 본 두 곳이 내가 찾는 가게가 아닌 건 분명했다. 그리고 애들 얘기에 따르면 학교 앞에 문방구는 세 곳이 있고, 그중 한 곳이 바로 '철이 문방구'였다. 회장님 할아버지의 말이 맞는다면 B초등학교 앞의 문방구는 바로 그 가게여야 했다. 그리고 그 아주머니가 바로 내가 찾는 아이의 엄마여야 했다.

"그놈의 술…… 밤이고 낮이고."

아주머니가 중얼거렸다.

나는 아주머니의 퉁명스러운 말에 전혀 반응을 보이지 않던 지친 표정의 그 아저씨를 생각했다. 아주머니가 또 뭐라고 입속으로 웅얼기렸다. 나를 보고 붉게 웃었던 일굴이 일그러섰고, 심밥을 싸는 손에도 힘이 들어가며 굵은 팔뚝의 근육이 꿈틀꿈틀 움직였다.

첫번째 문구점의 그 온화한 아주머니가 떠올랐다. 그 아주머니가 내가 찾는 그 애의 엄마라면 좋을 텐데 싶었다. 그렇게 편안한 표정을 지닌 엄마의 아이라면, 그 애도 편안하고 행복하지 않을까? 포장마차의 아주머니에게는 정말 미안하게도, 그런 마음이 굴뚝같았다.

그때 가게의 문이 열리면서 나보다 한두 살 어려 보이고, 살이 조금 찐 남자애가 나왔다. 아주머니가 가게를 등지고 있기 때문에 아이는 먼저 나와 눈이 마주쳤다. 그 애가 나를 보고 싱긋 웃었다. 그러더니 불쑥 말했다.

"안녕하세요?"

목소리가 지나치게 높았다.

'나보고 인사한 거야?'

힐끔 어깨 너머를 보았으나 아무도 없었다.

"나왔니?"

아이의 소리에 아주머니가 돌아보며 말했다.

"응."

그 애가 말했다. 그러고는 또 나를 보며 싱긋 웃었다. 이번에도 아무런 반응을 보이지 않을 수는 없었다. 그래서 어색한 미소를 되돌려주었다. 그때 이상한 느낌이 온몸을 사로잡았다. 여느 아이들과는 확실히 달라 보이는 그 애의 웃음 때문이었다. 그 애가 웃는 얼굴은 굉장히 맑았다. 하지만 이상했다. 뭔가가 빠져 있었다. 어쩐지 빈 곳이 느껴지는 미소였다.

"엄마, 나 김밥."

아이의 목소리도 이상했다. 필요 이상으로 컸다.

"또 먹어?"

아주머니가 애정이 듬뿍 담긴 목소리로 말했다.

"응" 하며 아이가 아주머니 곁으로 와서 붙어 섰다. 키는 그 나이 또래와 다를 바 없었다. 그러나 몸짓은 꼭 어린애 같았다.

"곧 차 올 텐데."

아주머니가 손목시계를 보며 말했다.

"그래도."

아이의 목소리가 또 올라갔다. 조절이 잘 안 되는 것 같았다. 아이는 또 나를 보며 히죽히죽 웃었다. 어린아이처럼 맑은 웃음이었다. 그러나 나는 그 이상한 빛깔에 전혀 적응이 되지 않았다.

아주머니가 재빨리 김밥 한 줄을 썰었고, 그 애가 선 채로 먹기 시작했다. 그러면서 자꾸 나를 보고 히죽거렸다. 내가 마음에 드는 건가? 무심코 속으로 묻는데, 순간 내 가슴이 철렁했다. 한참 뒤늦은 그제야, 그 애가 바로 아빠가 구한 애일 거라는 느낌이 들었기 때문이다.

쿵덕쿵덕 심장이 속도를 높였다. 순식간에 생각도 감정도 복잡해졌다. 내 머리와 가슴이 내 생각과 감정을 서로서로 부정하려고 애쓰기 시작했다. 나는 앞서 머릿속으로 되풀이한 생각을 다시 끄집어내 다른 쪽으로 결론을 내리려고 애썼다.

회장님 할아버지의 말이 틀리지 않는다면 B초등학교 앞에 있는 문방구는 세 개밖에 없다. 그건 내 눈으로 확인했다. 그런데 그중 두 곳은 아니다. 그렇다면 마지막 남은 이곳이 틀림없이 회장님이 말한 그 가게다. 그러나 회장님이 모르는 사이에 그 사람들이 이사를 했을 수도 있다. 따라서 아까 본 그 아저씨와, 지금 내 앞에 있는 아주머니와 애가 내가 찾는 그들이 아닐 수도 있다. 백번 양보해서, 이 아주머니가 내가 찾는 아이의 엄마가 맞다고 하더라도, 김밥을 먹으며 나를 보고 히죽거리는 저 애가 내가 찾아온 '그 애'는 아닐 수도 있다. 그리고……

뿌앙뿌앙, 하고 울리는 자동차 경적 소리에 정신을 차렸다. 은은하고 귀엽게 들리는 독특한 소리였다. 돌아보니 경적 소리만큼이나 부드럽고 편안한 노란 빛깔의 승합차가 가게 앞으로 다가오고 있었다.

"어, 왔다!"

아주머니가 말했다.

아주머니는 서둘러 김밥 하나를 더 썰더니 아이가 먹던 것과 함께 봉지에 담았다.

"얘, 가서 애들이랑 함께 먹어."

아주머니가 봉지를 아이에게 주며 말했다.

"고마워, 엄마."

아이가 불쑥 목소리를 높였다.

승합차 문이 열리며 보라색 치마에 흰 블라우스를 단정하게 입은 젊은 여자가 내렸다. 그 여자는 멀리서부터 활짝 웃으며 아주머니에게 인사를 했다. 아주머니도 높은 의자에 앉은 채 살짝 웃으며 어서 오라고 말했다.

"뭐 좀 드릴까요?"

아주머니가 목소리를 높여 말했다.

"아니에요. 고마워요."

여자가 웃으며 대꾸했다. 그런 다음 김밥이 든 검은 비닐봉지를 들고 서 있는 아이에게 말했다.

"한철이, 어서 차에 타세요."

'철이?'

간판에 씌어 있는 이름이었다.

"안녕하세요, 선생님?"

아이는 쓸데없이 큰 목소리로 뒤늦게 인사를 하고는 선생님의 손을 잡았다.

"네, 안녕하세요, 한철이."

여자가 다정하게 말했고, 아주머니가 이어 말했다.

"잘 부탁해요."

"네. 걱정 마세요."

여자가 말했다.

차에는 '무지개 동산'이라고 씌어 있었다. 나는 멍하니 지켜보다가 정신을 차리고 재빨리 전화번호를 내 휴대폰에 지정했다.

주택가 안쪽에 제법 큰 놀이터가 있었다. 놀이터 주위를 플라타너스 나무들이 빙 둘러치고 있었는데, 그 아래에 벤치들이 있었다. 나는 아이들이 몰려 있지 않은 쪽의 빈 벤치에 앉아 잠시 그 녀석들이 노는 것을 지켜보았다. 그러고는 휴대폰을 꺼내 아까 저장해놓은 전화번호를 찾아 통화 버튼을 눌렀다. 신호가 세 번 울렸을 때 상대가 받았다.

"네, 무지개 동산입니다."

젊은 남자였다.

"저…… 거기 뭐 하는 곳이에요?"

조금이라도 이상해지면 전화를 끊어버릴 생각이었다. 그러나 상대는 아주 친절했다.

"무슨 일이에요? 누구시죠?"

"그냥 중학생인데요. 저……"

"네, 편하게 말씀하세요."

그는 정말 친절했다.

"승합차를 봤는데, 궁금해서요."

"아, 그래요? 그러셨군요. 여긴 특수아들 놀이학교예요."

"특수아요?"

"네. 흔히 자폐라고 하는데, 들어봤어요?"

"네."

TV에서 본 적이 있었다.

"관심 가져줘서 고마워요."

그 남자가 말했다.

"고맙습니다."

나는 전화를 끊었다.

벤치의 등받이에 기댄 채 다시 아이들이 노는 것을 멍하니 바라보았다. 그러면서 마음속으로는 사실 관계가 확인된 게 아니라는 걸 근거로 자꾸만 내 눈으로 본 현실을 부정하기에 바빴다.

초등학생 남자애 둘이 내 쪽으로 뛰어왔다. 둘은 내가 앉은 벤치의 남은 반쪽에 앉았다. 녀석들은 만화책을 펴더니 킬킬대며 들여다보았다. 힐끔힐끔 누군가를 살피는 걸로 봐서 다른 애의 것을 잠시 슬쩍한 것 같았다.

"야!"

녀석들은 내가 시비를 거는 줄 알고 놀란 낯으로 바라보았다. 나는 슬쩍 웃어주고는 '철이 문방구'를 아느냐고 물었다. 아이들의 굳었던 표정이 펴졌다.

"알아요. 왜요?"

한 녀석이 말했다.

"그 집 애 있잖아. 남자애."

"아, 그 바보요?"

"걔가 철이예요."

다른 애도 끼어들었다.

"그 애 형이나 동생도 있어?"

내가 묻자 둘이 동시에 대답했다.

"아뇨, 없어요."

나는 더 이상 묻지 않았다. 두 아이는 눈치를 조금 살피더니 다시 만화책 연구에 돌입했다. 나는 한동안 더 앉아 있었다. 그러고는 만화책 속으로 빨려들어가버릴 것 같은 두 녀석과, 한창 열을 내서 놀고 있는 다른 아이들의 즐거운 소음을 뒤로 하고 놀이터를 떠났다.

그 가게를 보지 않으려고 땅바닥에 눈길을 떨어뜨린 채 걸었으나 정작 그 앞을 지날 때는 고개를 들고 쳐다보았다. 내 또래 중학생 여러 명이 포장마차를 둘러싼 채 왁자지껄하게 떡볶이를 먹고 있었는데, 그 애들에 가려서 아주머니의 모습은 보이지 않았다.

12

밤늦도록 잠들지 못하고 깨어 있었다. 그 애 생각이 머리를 떠나지 않았다. 시간이 지날수록 더 그랬다. '철이 문방구' 앞 포장마차와 주변 풍경을 배경으로, 생각 없이 환한 미소를 띤 그 애가 내 쪽을 바라보고 있었다.

"안녕하세요?" 하고 그 애가 조절이 잘못된 큰 목소리로 말했다. 그러나 정확하게 나와 눈을 맞추고 있지는 않았다. 그 그림이 반복적으로 머리에 떠올랐다.

"안녕하세요?" 하고 그 애가 나를 바라보며 소리쳤다. 그러나 내 눈을 정확히 쳐다보고 있지는 않았다.

내 머리는 그 애가 내가 찾던 그 애가 틀림없다고 확신하고 있었다. 그러나 내 마음은 그걸 인정하고 싶어 하지 않았다. 엉뚱한 사람들일 수도 있으니까, 하고 나는 자꾸 생각했다. 하지만 나는 이미 그런 내 생각마저도 믿지 않았다. 그 애는 내가 만나보고 싶었던 그 애가 분명했다. 그런데…… 왜 나는 이렇게 허탈하고 불만스러운 것일까?

자정이 다 되었을 때부터 비가 내리기 시작했다. 바람도 조금 부는 것 같았다. 옆집인지 윗집인지, 어디선가 샤워기 물소리가 들려왔다. 그 소리에 묻혀 빗소리도 바람 소리도 들리지 않았다. 나는 조금씩 잠 속으로 빠져들어갔다.

비는 아침에도 계속되었다. 다소 거센 바람이 불었고, 기온도 낮아져 있었다. 비는 정오 무렵에 그쳤으나, 바람은 여전히 다소 세게 불었다.

엄마는 가을이 점점 짧아지는 것 같아 속상하다고 했다. 그건 나도 동감이었다. 나도 가을을 좋아한다. 하늘은 맑고 푸르고 높고, 아침저녁엔 조금 춥지만 낮에는 햇볕이 포근하고, 빨갛고 노란 단풍이 들고, 이곳저곳에서 낙엽이 굴러다니는 나날, 그런 날들이 계속 이어지면 좋을 텐데…… 때가 되면 어김없이 차가운 회색빛 겨울이 오고야 만다.

월요일, 점심을 먹은 뒤, 애들과 럭비공을 던지며 놀았다. 맑고 파란 하늘과 눅눅한 흙냄새가 그만이었다. 그러나 나는 오래 하지 않았다. 아니 못했다. 별 이유도 없이 애들한테 자꾸만 짜증이 나서였다. 나는 마지막으로 공을 한 번 던지고 손을 뗐다. 그리고 조금

씩 변해가고 있는 나뭇잎들을 보며 담벼락을 따라 천천히 걸었다. 그러다가 창고가 있던 자리에서 멈춰 섰다.

그 자리는 이제 완전히 정리가 되어 있었다. 처음엔 그 모습이 이상했다. 그러나 이미 내 눈은 거기에 익숙해져 있었다. 그 자리가 비어 있는 게 더 이상 이상하지 않았다. 그곳에 있었던 낡은 건물에 대한 기억도 빠르게 사라져가는 듯했다. 아주 옛날, 우리 또래 아이들이 그 무대에서 연극도 하고, 시도 낭송하고, 음악회도 하고 그랬다는데……

화재에 대한 소문도 자취를 감춰버렸다. 아이들도 더 이상 관심을 갖지 않았다. 누군가 일부러 엉뚱한 얘기를 꺼내면 뻔한 우스갯소리를 들은 것처럼 야유를 보냈다. 바람 부는 날의 들불처럼 일어나던 관심은 한 계절도 못 가서 사그라져버렸다. 모든 것들이 재 같은 망각의 낭떠러지로 떨어져버렸다. 나는 그 사실에 대해서도 화가 났다. 멍청이들!

"야! 김종운!"

승호가 소리쳤다.

돌아보니 럭비공이 통통 튀며 굴러오고 있었다.

"공 좀!"

녀석이 다시 소리쳤다.

나는 내 근처에서 공이 멈추는 걸 지켜보았다. 순간, 공을 들고 가버리자는 심술궂은 생각이 들었다. 갈등하느라 잠시 가만히 서 있었다. 힐끗 보니 아이들도 나를 지켜보고 있었다. 나는 공을 집어 들었다. 그러고는 아무렇게나 내던지고 돌아섰다.

"쟤 왜 저래?"

누군가 하는 말이 들려왔다.

"나도 몰라. 저 자식 오늘 이상해."

승호의 목소리였다. 녀석은 그렇게 말하고 킬킬댔다. 달려가서 확 패주고 싶었으나 한번 봐주기로 하고 다시 천천히 걷기 시작했다.

어느 순간, 창고의 선명한 모습이 머리에 떠올랐다. 조마조마한 마음으로 뒤돌아보았다. 당연히 그 자리는 텅 비어 있었다. 텅 빈 공간을 보자 내 머릿속에 떠올랐던 또렷한 창고의 그림도 바로 사라져버렸다.

다시 걸어가며 아빠를 생각했다. 내가 운 좋게 찾아낸 아빠의 그 애를 생각했다. 그 애의 부모를 생각했다. 그 애도, 그 애 부모도 실망스러웠다. 그 애보다 훨씬 어린 두 녀석이, 아빠가 구해낸 그 애를 가리켜 바보라고 했다. 아마 동네의 다른 애들도 다 그럴 것이다.

갑자기 울컥하는 감정의 덩어리가 가슴에 맺혔다. 이어서 화가 났다. 성냥을 칙, 하고 그은 것처럼 마음속에 불꽃이 확 피어났다. 작은 불꽃이지만 누군가 옆에서 바람을 훅훅 불어주면 금세 폭발을 일으키며 활활 타오를 것 같았다.

그 애를 보고 집으로 올 때부터 그랬다. 갑작스런 불꽃이 나를 흔들었다. 내 속의 그런 불꽃이 다른 사람들에게도 느껴지는 모양이었다. 수정이와 민혜가 번갈아 가며 무슨 일이 있느냐고 물었다.

"불이 나려고 해, 불이."

내가 억지로 웃으며 말하자 둘은 똑같은 반응을 보였다.

"이상해!"

13

화요일, 학교에서 돌아오니 엄마와 사진작가 아저씨가 식탁에 마
주 앉아 커피를 마시고 있었다. 아저씨는 나를 보고 부드럽게 웃었
으나 엄마는 피곤해 보이는 얼굴이었다.

내가 씻고 나오자 엄마가 나를 식탁에 불러 앉혔다. 엄마는 묽은
대추차를 조금 따라 주며 무슨 일이 있느냐고 슬쩍 끼워 넣듯이 물
었다. 엄마는 속삭이듯 부드럽게 말했지만 엄마의 말을 듣는 순간
바로 얼굴이 뜨뜻해졌다. 하지만 나는 아닌 척했다.

"무슨 일 없는데. 왜?"

엄마가 나를 빤히 바라보았다.

"왜 그래? 엄마야말로 무슨 일인데?"

엄마가 살짝 웃었다.

"아무 일 없다면 다행이고. 근데, 너 요즘 계속 신경질 낸 건 아

니? 오늘 아침에 학교 갈 때도 그랬고."

엄마는 최대한 다정스럽게 말했지만 나는 얼굴이 달아올랐다. 엄마에게 미안하면서도 화가 나려고 했다.

"글쎄, 좀 그랬던 것 같기도 하고……"

나는 화가 나는 걸 억누르면서 말했다. 그러면서 머릿속으로 엄마에게 따졌다.

'근데 엄마는 왜 하필이면 아저씨가 있을 때 이런 얘기를 해?'

어쩌면 두 가지가 아무런 상관이 없을 수도 있겠지만, 어쨌든 기분 좋은 일은 아니었다.

"공부하기 힘드니?"

엄마가 다시 물었다.

"당연히 힘들지. 그걸 말이라고 해?"

내가 목소리를 높이자 아저씨가 나를 보고 씩 웃었다.

엄마는 차를 한 모금 마신 뒤 다시 나를 바라보았다. 엄마는 바로바로 말하지 않고 시간을 끌었다.

"할 말 있으면 어서 해."

나는 허세를 부리며 재촉했다.

"그냥 그게 궁금했을 뿐이야."

"뭐가?"

"네가 그저께부터 갑자기 자꾸 신경질을 내니까……"

엄마는 말끝을 흐렸다.

'아빠 품에 안겨 있었다는 그 애를 찾은 것 같아' 하고 나는 속으

로 말했다. '그런데 마음에 안 들어. 그 애도 그 애 아빠 엄마도 다 마음에 안 들어.'

마음 깊은 곳에서 소용돌이가 일려고 했다. 나는 얼른 비스킷 두 개를 통째로 입에 집어넣었다. 그렇게 하고 말을 하면 무슨 소리를 하건 내 감정을 드러내지 않을 수 있을 것 같아서였다.

"그런데 엄마는 그런 걸 꼭 지금 얘기해야 돼?"

기대한 대로 되었다. 비스킷이 입속을 꽉 채우고 있어서 발음이 우습게 들렸다.

"애, 애! 그러다가 튀어나오겠다. 다 먹고 얘기해, 다 먹고."

나는 비스킷을 일부 삼키고 다시 말했다.

"그런 걸 꼭 지금 얘기해야 되느냐고!"

"꼭 지금이라니…… 무슨 소리야?"

엄마가 말하자 눈치 빠른 아저씨가 재빨리 끼어들어주었다.

"제가 있어서 불편하다는 거 아니겠어요? 그렇지?"

"아니라면 거짓말이겠죠. 많이 그런 건 아니지만."

"그러니까 네가 신경질 낸 건 인정하는 거구나?"

엄마는 아저씨가 하하 웃는 중에도 요점을 놓치지 않았다.

"그게 그렇게 되는 건가?"

나는 다시 비스킷 하나를 입에 넣었다.

"신경질 낸 이유도 있는 거고, 응?"

"어, 뭐, 하여간……"

나는 비스킷을 소리 나게 씹으며 대충 얼버무렸다.

"그래. 알았다."

엄마가 말했다.

"뭘 알아?"

"그 얘긴 그만하자고."

엄마의 눈가에 부드러운 미소가 조금 돌아와 있었다.

"난 한참 조사받을 줄 알았는데. 아저씨까지 와 계시고."

내가 말하자 아저씨가 다시 소리 내어 웃었다. 엄마의 얼굴에 살짝 그림자가 졌다가 걷혔다.

"그러려고 했는데, 네가 고분고분 대답해서 짧게 끝내는 거야."

"난 고분고분하지 않았는데."

"넌 고분고분했어. 자, 이제 저녁 차릴게. 과자 그만 먹어."

그러면서 엄마는 의자를 뒤로 뺐다. 그때 내 속에서 갑자기 작은 불꽃 하나가 팟, 하고 일어났다. 라이터 불꽃 같은 조그만 녀석이었는데 그놈이 내게 슬쩍 말했다.

'너도 한마디 해보지그래.'

엄마가 나한테 그랬듯이?

'그렇지.'

나는 바로 내 마음의 충동을 따랐고, 별일 아니라는 듯이 슬쩍 말했다.

"엄마는 왜 아빠랑 결혼했어?"

하지만 그 말이 입 밖으로 나오고 보니 어쩐지 시비조로 들렸다. 식탁에서 일어서려던 엄마가 잉거주춤 나시 앉았다.

"무슨 소리니, 갑자기?"

엄마가 눈을 동그랗게 뜨고 약간 경계하는 눈길로 바라보았다.

"소방관은 엄청나게 위험하잖아. 그런데 왜 결혼했어?"

"……"

"소방관이 숭고한 일이어서 결혼한 거야?"

내가 몰아붙이듯이 다시 말하자 엄마의 눈길이 멀리 다른 곳으로 갔다가 되돌아왔다.

"글쎄, 뭐라고 해야 할까…… 그보다, 얘, 좀 갑작스럽다고 생각하지 않니?"

"엄마도 아까 그랬잖아."

"그래서 복수하는 거니?"

"아니야."

"그런 것 같은데?"

"아니라니까. 갑자기 궁금해졌어. 정말 갑자기. 정말이야."

엄마는 입술에 힘을 주더니 아저씨를 살짝 쳐다보았다.

"종운아."

"응?"

"다음에 얘기하면 안 될까?"

"왜?"

"저녁도 먹어야 하고, 가게에 처리해야 할 중요한 일도 남아 있고…… 너도 배고프지 않니?"

"배고프지, 당연히."

"그럼 어서 밥이나 먹자. 응?"

엄마는 내 대답은 듣지도 않고 벌떡 일어서더니 싱크대 쪽으로 돌아섰다.

나는 몹시 마음이 상했다. 엄청난 상처를 받은 기분이었다. 그 조그만 불꽃이 타오르기 시작했다. 엄마가 미웠고, 반감이 생겼다. 엄마가 말한 그 신경질이 한꺼번에 뭉치더니 금세 확확 타올랐다. 끌 수가 없었으며, 끄고 싶지도 않았다. 오히려 활활 태우고 싶었다.

"아빠가 불쌍해!"

내가 말했다.

싱크대로 향하던 엄마가 멈칫하며 동작을 멈췄다. 그러고는 슬며시 돌아섰다. 엄마는 한동안 말이 없었다.

"왜 그렇게 생각하니?"

이윽고 엄마가 조용히 말했다.

"나 좀 봐."

내가 아무 말도 하지 않자 엄마가 다시 말했다.

나는 엄마를 보았다. 엄마는 딱딱하게 굳은 얼굴을 하고 있었다.

"아무도 관심을 갖지 않잖아."

나는 눈길을 돌리며 말했다.

"왜 그렇게 생각해?"

"엄마도 그러면서 뭐."

"……"

"엄마 말대로 아빠는 숭고한 일을 하시다가 돌아가셨잖아. 그러면 자주 얘기해야 하는 거 아니야?"

나는 계속 엄마의 눈길을 피한 채 따지듯이 말했다.

"엄마는 내가 뭘 물어도 한두 마디 대답하고 말잖아. 내가 말하기 전에는 절대로 먼저 얘기하지도 않고…… 혹시 더 빨리 잊어버리고 싶어서 그러는 거야?"

"아니야!"

엄마가 버럭 소리를 질렀고, 나도 반사적으로 소리를 질렀다.

"맞아!"

엄마가 움찔했다.

사진작가 아저씨가 두 팔을 쳐들며 일어설 듯하더니 다시 앉았다.

"나중에 얘기하자."

엄마는 고개를 돌리며 목소리를 낮췄다.

"나중에, 언제?"

엄마는 대답하지 않았다. 소파에 벗어놓은 윗옷을 걸치고는 현관 쪽으로 걸어가더니 바로 문을 열고 밖으로 나가버렸다.

"내 차에 사과하고 배가 있어."

엄마를 따라 복도로 나갔다 돌아온 사진작가 아저씨가 말했다.

나는 여전히 식탁에 앉아 있었다. 폭발할 것처럼 타올랐던 불길이 사그라들면서 기분이 싱숭생숭한 게 말할 수 없이 불편했다.

"우리 일단 그거부터 나르지 않을래?"

아저씨는 식탁 앞에 서서 나를 내려다보았다. 그러고 있으니 키가 더 커 보였다.

"일이 이상해졌어요."

내가 말했다.

정말이지 이상하게 흘러가버렸다.

"내가 보기에도 그런 것 같네."

아저씨가 말했다.

엄마한테 미안했고, 그런 소리를 꺼낸 게 후회되었다. 하지만 미안한 마음이 든 순간, 다른 한쪽에서는 그런 내 마음에 대한 반발도 생겨났다.

"하지만 엄마가 화를 냈잖아요."

내가 다시 말했고, 아저씨는 고개를 끄덕였다.

"화를 내야 할 사람은 전데요."

"그렇게 생각하니?"

"네."

"왜?"

"엄마는 아빠 얘기만 나오면 피하잖아요."

나는 아저씨의 동의를 얻고 싶었다.

"나중에 엄마랑 다시 얘기해봐. 이건 내 생각이지만 피하는 건 아닐 거야 아마."

잠시 입을 다물고 있던 아저씨가 말했다.

"늘 피했는데 뭐가 피하는 게 아니에요?"

내가 비로 말하자 아저씨는 약간 미소를 띠고 나서 "그게, 저……"

하며 머뭇거렸다.

"아마 네가 걱정돼서 그런 걸 거야."

"무슨 걱정요?"

"넌 아빠 기억이 거의 없다지?"

"네."

"그러니까 너한테 굳이 고통스러운 걸 알려주고 싶지 않은 거 아닐까?"

아저씨 말은 엄마가 아빠 얘기를 하지 않는 게 나에 대한 배려 때문이라는 얘기였다. 어쩌면 그럴 수도 있을 것이다. 아니, 틀림없이 그럴 것이다. 하지만 나는 이제 엄마가 아빠 얘기를 많이, 그리고 자주 해줬으면 싶었다.

"그래도 저는 알고 싶어요."

내가 말하자 아저씨가 고개를 끄덕였다.

"난 네 마음 백 퍼센트 이해해. 아마 때가 되면 네 엄마가 먼저 얘기를 하게 될 거야."

내가 가만히 있자 아저씨가 다시 말했다.

"그 문제로 엄마와 네가 다퉈서는 안 돼. 그럼 전혀 뜻하지 않게 서로 상처를 입히게 돼. 내 말 이해하겠니?"

"네…… 불처럼……"

"응?"

"사람 속에도 불이 있다고요!"

아저씨의 두 눈이 반짝 빛났다.

"무슨 뜻이니?"

"갑자기 확 타오르잖아요. 그랬다가 갑자기 확 식어서 얼음처럼 되고요. 따스했다가 뜨거워졌다가 차가워졌다가 오락가락……"

아저씨는 환한 미소를 띠었다.

"와, 대단한데!"

"뭐가요?"

"듣고 보니 정말 사람 속에도 불이 있네. 야, 내가 한 수 배웠는 걸. 그런데 어떻게 그런 생각을 하게 됐니?"

나는 학교 창고에 불이 난 날, 오락가락했던 내 감정에 대해 아저씨에게 들려주었다.

"저는 무섭고 걱정이 되었는데 애들은 신이 나서 난리였죠. 승호도 그랬고요."

아저씨가 진지하게 고개를 끄덕였다.

"정말 소중한 걸 깨달았구나."

아저씨가 자꾸 그런 반응을 보이니 조금 겸연쩍어졌다.

"그래 봤자 소용없어요."

나는 일어서면서 말했다.

"무슨 말이니?"

"사람 마음은 제멋대로니까 일단 불이 붙으면 어쩔 수 없어요."

"맞아. 내 마음대로 할 수 없는 게 바로 내 마음이지."

아저씨는 재미있는 농담이라도 던진 것 같은 표정을 지었다.

"불은 괴물이에요."

"응?"

"활활 타오르면 모든 걸 잿더미로 만들어버리잖아요. 미쳐 가지고."

"그래서 소방관 분들이 더더욱 고맙지. 진짜 불을 끄는 소방관들도 그렇고, 마음의 불을 꺼주는 분들도 그렇고."

"마음의 불을 꺼주는 소방관은 누구예요?"

"딱히 정해진 건 아니지. 편안하고 평화로운 마음을 유지하고 있는 사람들이 아닐까?"

나는 창고에 불이 났을 때 아이들이 열광했던 걸 떠올렸다. 거기서 느낀 이상한 점을 말해보고 싶었으나 정리가 잘되지 않았다.

"자, 지금은 이만큼만 하고…… 저녁을 먹어야 하니까 어서 내 차에 있는 사과하고 배나 나르자."

내가 잠자코 있자 아저씨가 말했다.

"웬 건데요?"

"주말에 가까운 지방에 갔다가 좀 사왔어."

아저씨는 엄마와 둘이서 각각 상자 하나씩 들 생각이었다고 했다. 그런데 엄마가 손목이 아프다고 해서 아저씨 혼자서 차례로 나르려다가 내가 오기를 기다렸다는 것이다.

"아주 맛있어."

아저씨가 말했다.

우리는 밖으로 나갔다. 아저씨는 배 상자를, 나는 사과 상자를 들었다. 엄마에게 다시 미안한 마음이 들었다. 나는 엄마가 손목이 아픈 줄은 전혀 몰랐다. 하지만 그런 사실을 나한테 가르쳐주지 않았다는 게 섭섭하기도 했다.

과일 상자를 베란다로 옮기고 나서 아저씨는 나가서 엄마와 함께 맛있는 걸 먹자고 했다. 하지만 나는 그냥 혼자 집에 있고 싶었다. 아저씨와 얘기하면서 마음이 많이 가벼워지긴 했지만 지금 바로 엄마를 만나면 불편할 것 같았다.

"왜, 나가기 싫으니?"

아저씨가 내 안색을 살피더니 말했다.

"네."

나는 솔직하게 말했다.

"그럼 어떻게 할까?"

"그냥 저 혼자 대충 차려 먹어도 돼요."

"나는?"

아저씨가 미소를 머금고 물었다.

"엄마랑 드세요."

"그래도 괜찮겠니?"

"네."

"진심이지?"

"네."

"알았다. 그럼 엄마한테 그렇게 말할게."

"저기……"

현관문을 닫다 밀고 내가 말했나.

"음?"

"그 애를 찾은 것 같아요."

왜 그런 마음이 들었는지 모르겠지만 문득 아저씨에게 그 사실을 알려드리고 싶었다.

"오! 정말? 어떤 애야?"

"그건 좀 더 이따가 가르쳐드릴게요."

14

엄마는 보통 열시쯤 가게를 닫는다. 평소에 나는 엄마가 오고 난 뒤에 잠자리에 들었다. 하지만 그날은 조금 일찍 이부자리를 깔았다. 피곤한데도 잡념이 많아서 잠이 잘 오지 않았다.

머리가 복잡했다. 생각들이 이리저리 종잡을 수 없이 흩어졌다. 그러다가 결국 그 애 쪽으로 모아졌다. 한 번 더 그 애를 찾아가야겠다고 생각했다. 아직 마무리가 지어지지 않은 것 같았다. 그런데 어떻게 하는 게 마무리를 짓는 것일까? 엄마에게 내가 알게 된 사실을 말하는 거? 그러면 마무리가 될까?

사진작가 아저씨를 생각했다. 아저씨에게 오락가락하는 내 마음을 샅샅이 다 털어놓아볼까? 그러면 내 마음이 편안해질까? 하지만 엄마보다 아저씨에게 먼저 얘기해도 괜찮은 걸까? 엄마가 그 사실을 알면 배신감 같은 걸 느끼지 않을까? 외삼촌이 있으면 좋을 텐데……

다음 날 아침, 엄마는 평소와 다름없이 나를 깨웠고, 아침을 차려주었다. 엄마는 피곤해 보였다. 얼굴에 미소도 띠고 있지 않았으며, 꼭 필요한 말만 했다.

나는 어색해서 말이 나오지 않았다. 그러다 보니 숟가락 젓가락 소리와, 국물을 떠 먹고 음식을 씹는 소리가 점점 더 커지는 것 같았다. 그러지 말아야지 하고 간밤에 그렇게 다짐을 했는데도 짜증이 나려고 했다. 그때 한 가지 아이디어가 떠올랐다. 나는 TV를 켰고, 뉴스 보도 소리 속에 숨어버렸다.

엄마는 내 맞은편에 앉아 사진작가 아저씨와 내가 베란다로 옮겨놓은 과일을 깎았다. 엄마는 아무 말도 하지 않았다. 배를 한 쪽 맛보고 나서도 별 말이 없었다. 다른 때 같으면 아저씨에 대해서 고마워하고, 나한테도 맛있다며 권했을 텐데.

그때 어떤 남자 기자가 말하는 새로운 뉴스가 내 귀를 파고들었다. 나는 고개를 숙인 채 눈길만 한껏 돌려 TV 화면을 보았다. 시뻘건 불길과 뽀얀 물줄기, 그리고 소방관 아저씨들의 다급한 움직임과 얼룩덜룩한 어둠…… 나는 이마에 주름을 만들며 눈을 치떠 엄마를 보았다. 엄마는 사과 하나를 더 깎고 있었다. 손을 움직이고 있었지만 온몸은 굳어 있는 것 같았다.

나는 벌떡 일어나 TV를 꺼버렸다. 갑자기 고요해졌다. 엄마는 아무 말도 하지 않았다. 천천히 사과를 깎기만 했다. 나는 다시 밥을 먹기 시작했다. 불편한 침묵 속에 숟가락 젓가락 소리와, 과도가 사과 껍질을 깎아내는 소리만 들렸다. 나는 반쯤 남은 밥을 물에 말아서 거의 마시듯이 한순간에 먹어치워버렸다. 빨리 밖으로 나가고 싶었다.

"양치질 안 했잖아."

가방을 메고 현관으로 가는데 엄마가 말했다. 표정 없는 얼굴처럼, 아무 빛깔도 없는 목소리였다.

얼굴이 달아올랐다. 나는 어깨 위에서 곧장 방바닥으로 가방을 떨어뜨렸다. 그러고는 욕실로 들어가 대충 칫솔질을 하고 입을 헹구고 퉤퉤 침을 뱉었다. 거울에 비친 내 얼굴이 밉게 보였다.

현관문을 열자 몰려드는 차가운 공기에 몸이 절로 움츠러들었다. 나는 멈칫대면서 바람막이 점퍼를 생각했다. 초겨울이나 이른 봄에 주로 입는 거지만, 워낙 얇고 가벼워서 바람이 많거나 아침 기온이 낮은 가을에 입어도 괜찮았다.

이번엔 소리 나지 않게 가방을 내려놓고 안방으로 들어갔다. 옷장을 열고 한참 뒤졌으나 찾을 수가 없었다. 아무래도 옷걸이에는 걸려 있지 않은 것 같았다. 혹시나 하고 가운데 칸의 아래 서랍을 열어보니 거기에 있었다.

"혼자서도 잘 찾네."

문간에서 지켜보고 있던 엄마가 말했다. 표정이 약간 부드러워져 있었다. 하지만 나는 퉁명스럽게 한마디 뱉었다.

"내가 뭐 바본가, 이런 것도 못하게?"

그러고는 제대로 한마디 더 보탰다.

"이런 건 옷걸이에 걸어둬야지. 이렇게 접어서 두면 주름이 잡히잖아."

그러나 주름은 전혀 잡혀 있지 않았다. 옷을 펼쳐 보니 주름이라고는 하나도 없었다. 재질 자체가 그런 거라는 걸 내가 깜빡한 것이었다.

얼굴이 뜨겁게 달아올랐다. 엄마가 보기에도 새빨갰을 것이다. 나는 성큼성큼 걸어가면서 거칠게 점퍼를 걸치고는 도망치듯이 밖으로 나갔다.

'왜 자꾸 일이 꼬이는 걸까?'

노란 은행잎들이 잔뜩 떨어진 아파트 단지를 터덜터덜 걸었다. 횡단보도를 건넜고, 이미 사람들이 들락거리는 조그만 분식집과, 밤이 되면 하얗게 불을 밝히는 큰 약국을 지나, 쭉 뻗은 학교 앞 도로를 걸었다.

교실에서 나는 있는 듯 없는 듯 있었다. 선생님 말씀에도 아이들의 말에도 귀를 기울이지 않았다. 누가 말을 걸어도 대꾸하지 않았으며, 쉬는 시간마다 밖으로 나갔다.

하늘엔 햇살이 가득했지만 유리 같은 파란 빛깔은 시원한 느낌을 지나 이제 차갑게 다가왔다. 플라타너스 나무 하나를 정해서 수업 시작 벨이 울릴 때까지 쳐다보고 있으면, 쫙 펼친 손바닥 같은 나뭇잎이 스르륵스르륵 떨어지는 걸 볼 수 있었다.

어떤 감정이 나를 꽉 붙잡고 놓아주지 않았다. 외롭다는 게 그런 것일 것 같았다. 혼자이고 싶어 하면서도 동시에 혼자라는 걸 엄청 나게 억울해하는 마음!

엄마도 외롭겠지? 나하고 싸워서도 그럴 거고, 아빠가 없어서도 그렇겠지? 아저씨도 외롭겠지? 가슴 아픈 사연이 있다니까. 그 때문에 결혼도 하지 않고 혼자서 사는 거라니까. 지금 이 시간 어디에선가, 엄청나게 성이 난 시뻘건 불과 싸우고 있는 소방관 아저씨도 외롭겠지?

외로움…… 꺼져가는 불…… 아니, 완전히 꺼진 불…… 아니, 약간의 온기만 있는 재……

화장실에 다녀오며 고개를 푹 숙인 채 복도를 걷고 있는데 누군가 내 앞을 가로막았다.

"얏! 깜짝 놀랐지?"

승호였다.

내가 인상을 찌푸리며 바라보자 승호는 "죄송합니다" 하며 얼른 비켜섰다.

'기특한 놈. 내 기분을 풀어주려고…… 하지만 지금은 아니니까 저리 꺼져!'

선생님 말씀이 머리에 들어오지 않았다.

나는 화재 진압복을 입고, 헬멧을 쓰고, 소방 호스를 꼭 쥐고 괴물로 변한 시뻘건 불을 향해 나아가는 소방관 아저씨를 상상했다.

아저씨는 무섭고 외롭다. 여기저기 동료 소방관들이 있지만, 그래도 무섭고 외롭다. 아저씨가 자신을 외롭고 무섭게 한 성난 불을 죽이기 위해 차가운 물을 뿌린다. 아저씨는 괴물과 싸우는 의로운 전사다.

아빠도 전사였다. 의로운 전사. 엄마 말로는 숭고한 전사.

아빠가 동료들과 함께 건물 안으로 진입한다. 그리고 불 폭풍에 날려 정신을 잃는다. 아빠는 홀로다. 어디가 어딘지 알 수 없는 곳에서 깨어난다. 뜨거운 암흑 구덩이에서 홀로.

아빠는 어떤 기분이었을까? 외로움이니 무서움이니 하는 말은 너무 부족하겠지? 그 아이를 발견했을 때는 기뻤을까? 기쁨 같은 걸 느낄 여유도 없지 않았을까? 아이에게 산소를 마시게 하면서 어서 밖으로 탈출해야 한다는 생각밖에 없었겠지?

그러나 시멘트 기둥이 쓰러진다. 아빠가 거기에 깔린다. 아빠의 인생은 거기서 정지된다. 아빠의 시간도 거기서 정지된다. 성난 불과의 싸움도 정지된다. 오직 그 애의 시간만이 이어진다.

내가 그 애를 찾아냈다. 아빠의 죽음이 꽃을 피운 걸 확인하고 싶어서. 그런데 그 애는 정상이 아니다. 처음 보는 나에게 맑게 웃으며 인사했지만, 그 애는 내 눈을 보고 있지 않았다.

다른 사람과 똑바로 눈을 맞추지 못하는 애. 자기 속에만 갇혀 있는 애. 그 애도 외로움을 느낄까? 다른 사람과 눈빛을 나눌 수 없는 그 애도 외로움을 알까? 쓸쓸함을 알까? 자신이 누구인지 알까?

대충 점심을 먹고 운동장으로 나가 담벼락을 따라서 천천히 걸었다.

창고가 있던 빈 자리는 이제 너무나 자연스럽다. 처음엔 이가 하나 빠진 것 같았으나 이제는 전혀 그렇지 않다. 두드러지게 티가 나던 흙 빛깔도 자연스러워졌다. 원래부터 그곳이 빈 자리였던 것처럼.

한 가지가 생각났다. 현대식 건물들에 둘러싸여 초라하고 불쌍해 보이던 창고도, 나뭇잎이 온통 노랗고 빨갛게 물들고, 여기저기 낙엽이 수북이 쌓이는 만추엔 아주 멋있어졌다. 잡초가 잔뜩 나 있는 낡은 기와지붕과 누렇게 변해버린 회벽, 그리고 마치 뼈가 튀어나온 것처럼 밖으로 드러나 있는 굵은 나무 기둥들은 시들어 가는 가을 풍경 속에서 오히려 편안하고 아름답게 보였다.

하지만 이제 다시는 그런 풍경을 볼 수 없다. 성난 불길에 휩싸여 재가 되어버렸다. 다 사라졌다. 화재에 대한 멍청이들의 불같았던 관심도 재가 되어버렸다. 죽어버렸다!

나는 기억의 창고에게 "잘 있어" 하고 소리 내어 인사를 했다. 그리고 다시 걷기 시작했다.

한순간에 겨울이 와버렸으면 좋겠다는 생각이 들었다. 차가운 비바람이 일주일쯤 이어지고, 그다음에 바로 겨울로 가버리는 것이다. 그러면 사람들은 낡은 창고가 있는 오래된 멋진 가을 풍경이 영원히 사라져버렸다는 것도 모르게 되겠지. 교실마다 난로를 피우고, 쉬는 시간마다 그 난로 곁에 모여 손을 쬐면서 창고 같은 것은

생각도 하지 않겠지. 멋대가리라고는 하나도 없는 그 전기난로에
대해서는 무진장 고마워하면서도…… 멍청이들!

수요일 저녁, 밤.
외로움(계속). 불로 치면 온기 없는 재. 날씨로 치면 비 오는
겨울.

목요일 아침, 저녁, 밤.
외로움(계속). 불로 치면 온기 없는 재. 날씨로 치면 비 오는
겨울.

금요일 아침.
"우리 그만 화해하자." (엄마)
"……" (나)
"아직 화 안 풀렸니?" (엄마)
"나 화 안 났어." (나)
"그럼 왜 말이 없니?" (엄마)
"나도 말하고 싶지 않을 때가 있어." (나)
"미안하구나. 미처 그 생각을 못했네." (엄마)
"……" (나)
"다시 말하고 싶어지면 말할 거지?" (엄마)
"그거야 당연하지. 나보고 계속 입 다물고 살란 말이야?" (나)

"아니야. 그럴 리가 있겠니?" (엄마)

"……" (나)

"오늘……" (엄마)

"그만 말하고 싶어." (나)

"……" (엄마)

"……" (나)

금요일 오후.

큰이모네에 심부름을 가야 한다는 민혜와 주택가를 가로질러 다음 버스 정류장까지 걸어갔다. 민혜가 시간이 좀 이르다고 해서 내가 배려해준 것인데, 민혜는 내가 요즘 어두워 보인다더니 일류대학 외에는 대학 취급도 안 한다는 자기 엄마 흉을 엄청나게 보아서 (계속 깔깔대며) 내 기분을 풀어주었다. 나도 듣고만 있을 수가 없어서 엄마 흉을 조금 보다가 결국 참지 못하고 아빠 얘기를 하고 말았다.

"내가 한 가지 얘기해줄게" 하고 나는 벌컥 문을 열듯이 말을 꺼냈다.

"무슨 얘기?"

민혜가 눈을 반짝이며 나를 바라보았다. 나는 살짝 웃어주고 앞쪽으로 눈길을 옮겼다.

"들어봐."

나는 천천히 걸어가며 얘기하기 시작했다.

"어떤 애가 있어. 그 애 아빠는 괴물과 싸우는 사람이야."

"괴물?"

"응. 그 괴물은 한순간에 모든 걸 잿더미로 만들어버려. 하지만 원래는 사람들을 따뜻하게 해주는 애야."

"괴물이 원래 애라고?"

민혜가 황당하다는 표정을 지었다.

"내 말은 진짜 애라는 게 아니고……"

"그럼 뭐야?"

"불 말이야, 불!"

"불?"

"응, 불. 그 애 아빠가 불과 싸우는 사람이라고."

"소방관 아저씨 말이니?"

"응. 소방관."

"그런데?"

민혜는 내가 한마디 할 때마다 꼭 자기도 한마디씩 묻더니, 그 애의 아빠가 어마어마한 괴물과 싸우다가 돌아가셨으며, 그때 아주 어린 남자애 하나를 구해냈다고 하자 "어머, 어떡해!" 하고는 더이상 끼어들지 않았다.

나는 얘기를 빨리빨리 진행시켜갔다.

"그리고 한참 세월이 흘러. 그 애는 이따금 아빠를 생각해. 하지만 기억할 수 있는 게 아무것도 없어. 너무 어렸을 때의 일이기 때문이지. 그래서 갑갑해하던 그 애는 아빠 덕분에 목숨을 건졌다는 그 남자애를 찾아보기로 해. 그 애가 멋진 모습으로 자라서 행복하게 살고 있기를 기대하면서 말이야. 그렇게 해서 그 애는 여행을 하지. 아빠가 살려낸 그 남자애를 찾아가는 여행. 그 애는 운이 좋아. 마음씨 좋은 여러 사람들의 도움으로 어렵지 않게 그 남자애를 만나. 하지만 그 애는 낯설고 혼란스러운 감정에 휩싸여. 그 남자애가 자폐고, 남자애 부모는 몹시 초라한 사람들이거든. 미안하지만, 별로 함께하고 싶지 않은 사람들. 그런 사실에 그 애는 실망하지. 그리고 그러는 자신을 미워하기도 해. 한마디로 뒤죽박죽이고 짜증나는 상태야. 시간이 지나면서 남자애가 자폐라는 게 새로운 고민을 만들어내. 자폐는 선천적인 거라고 하지만 혹시 그 화재 때문에 생긴 장애가 아닐까 해서 말이야. 그 애의 아빠가 발견하여 산소를 공급하기 전에 뇌를 상했을 테니까. 그렇다면 아빠가 남자애에게 산소마스크를 씌워서 살려낸 게 옳은 일일까? 오히려 남자애 본인은 물론 부모들에게도 평생의 고통을 준 게 아닐까? 결론은 없어. 엄청나게 갑갑할 뿐이야. 이가 맞지 않는 여러 개의 톱니바퀴를 들고 있는 것 같다고 할까……"

천천히 걸음을 옮기며 입을 꼭 다물고 내 얘기를 듣고 있던 민혜가 나를 바라보았다.

"끝이니?"

"응."

"야, 그거 멋진 비유다!"

"뭐?"

"톱니바퀴 얘기."

"멋지긴 뭘."

"그런데, 그 애가 누구야?"

"어떤 애?"

"아빠가 괴물과 싸우다가 돌아가셨다는 애."

나는 씩 웃어주었다.

"글쎄, 누굴까?"

민혜는 더 이상 묻지 않았다. 그 애는 호기심과 장난기가 어린 까만 눈으로 나를 한참 바라보기만 했다. 그 눈빛이 참 예뻤다.

기다리던 버스가 왔다. 재빨리 버스에 올라 창가에 앉은 민혜가 자신의 하얀 얼굴 양 옆에 두 손을 가지런히 하고는 장난스럽게 흔들었다. 다른 버스를 기다리고 있던 사람들이 민혜와 나를 번갈아 쳐다보았다. 내가 쑥스러워하며 손을 흔들어주자 민혜가 더 밝게 활짝 웃었다.

금요일 저녁.

외로움과 아무 생각도 없는 사이. 불로 치면 약간씩 피어나는 모닥불. 날씨로는 구름 사이로 햇살이 조금씩 비치는 겨울.

"내일 오후에 아저씨 카페에 가지 않을래? 새로운 작품으로 바꿨다는데." (엄마)

"어디 가볼 데 있어." (나)

"어디?" (엄마)

"……" (나)

"난 알면 안 되니?" (엄마)

"지금은 비밀이야." (나)

"……" (엄마)

"나중에 얘기해줄게." (나)

"고맙구나." (엄마)

"뭘……" (나)

15

  토요일 오후 네시 무렵, 나는 B초등학교 옆에 있는 초고층 아파트 단지를 걷고 있었다. 그 애를 한 번 더 보기 위해 일부러 지난번 찾았을 때와 같은 시간으로 맞췄다.

  허전한 내 마음 탓인지 나무가 거의 없는 아파트 단지는 무척 황량하게 느껴졌다. 가로등이 켜진 한겨울 밤이 되면 흡사 SF영화에 나오는 삭막한 미래 도시처럼 보일 것 같았다. 나는 동 사이 간격이 넓고 나무들과 잔디밭이 잔뜩 있어서 사계절 나무와 풀이 함께하는 우리 동네를 생각하면서 천천히 걸어갔다.

  마음이 불편하고 복잡했다. 괜히 찾아온 게 아닐까 하는 알 수 없는 불안감에, 그 애의 맑은 얼굴을 한 번 더 보고 싶다는 강한 바람이 뒤섞여 있었다. 아파트 단지의 서쪽 출입구 너머로 멀리 초등학교 건물이 보이면서 가슴이 두근거렸다.

나는 길을 건너 학교 담을 따라 걸어갔다. 담은 나지막해서 운동장 안이 다 들여다보였다. 유니폼을 갖춰 입은 어른들이 축구를 하고 있었는데, 그들에게 밀려난 한 무리의 어린아이들은 철봉 근처 공터에서 따로 축구를 하고 있었다. 나는 억지 여유를 부리느라고 '아저씨들을 내쫓아버려!' 하고 속으로 그 애들에게 외쳤다.

드디어 그림동화에서 튀어나온 것 같은 조그만 분홍빛 문방구가 보였다. 나는 가까이 다가가 넓은 창으로 안을 들여다보았다. 처음 왔을 때 보았던 그 젊은 여자가 편안한 미소를 머금은 채 어떤 나이든 아주머니와 얘기를 나누고 있었다. 나는 잠시 그곳에 서 있다가 배에 힘을 주며 다시 걸음을 옮겨놓았다.

얼마 걷지 않아서 '철이 문방구'의 포장마차가 살짝 보이자 덜컹하고 가슴이 방망이질을 시작했다. 나는 멈춰 서서 심호흡을 하고는 줄지어 이어지는 주택들의 대문과 담과 담 밖으로 뻗어 나온 나뭇가지들만 바라보면서 걸어갔다.

어느 순간, 포장마차에 붙어 서서 떡볶이를 먹고 있는 그 애가 보이면서 기분이 이상했다. 지난번 처음 찾았을 때와 똑같은 일이 반복되고 있는 듯한 착각이 들었다. 포장마차에는 그 애 외에 초등학생 세 명이 붙어 서서 어묵을 먹고 있었으며, 지금 막 아주머니가 물통에 물을 붓고 있었다.

"어서 와."

아주머니가 바로 나를 알아보았다. 처음 봤을 때보다 한결 부드러웠다. 나는 긴장이 풀리면서 편안해졌디.

"안녕하세요?"

나는 아주머니에게 인사를 했다. 그때 아이가 나를 향해 맑게 웃었다. 내 눈을 또렷이 쳐다보는 것 같았다. 아주 잠깐이었지만 그 애가 나를 정확히 알아보는 것 같았다. 다시 오기를 잘했다는 생각이 들면서 잡념들이 쓱 사라져버렸다.

초등학생 세 명이 서로 돈을 적게 내려고 실랑이를 하더니 소리를 지르며 주택가 쪽으로 뛰어갔다.

"안녕?"

나는 아이에게 말해보았다. 그러면서 그 애가 다시 한 번 나를 똑바로 봐주기를 기대했다.

"안녕."

아이가 한 박자 늦게 말했다. 그러나 나를 쳐다보지는 않았다. 아주머니만이 기쁜 표정으로 나를 보고 있었다. 자기 아이에게 말을 걸어주는 걸 고마워하는 얼굴이었다.

"뭐 먹을래?"

높은 의자에 올라앉은 아주머니가 물었다.

"어묵요."

"이쪽 거 빼서 먹어."

아주머니는 사각형 통의 맨 오른쪽 칸을 가리켰다. 나는 꼬치 하나를 뺐다. 그리고 뜨거운 걸 식히기 위해 입으로 바람을 후후 불었다. 그런 다음 한 입 베어 물려고 할 때 아주머니가 지난번처럼 말했다.

"거기 찍어서 먹어."

웃음을 머금은 아주머니가 가리킨 간장통을 보았다. 그때처럼 변함없이 지저분해 보였다. 나는 멈칫했다. '괜찮아요'라는 말이 목구멍까지 올라왔다. 하지만 아주머니를 실망시키고 싶지 않아서 얼른 간장을 찍어 한입 베어 먹었다. 아주머니가 계속 웃는 낯으로 나를 바라보았다.

나는 아이를 보았다. 녀석은 싱긋이 웃으며 김밥을 집어 입에 넣었다. 그러나 누구를 보고 있지는 않았다. 속으로 누군가를 생각하고 있는 것 같았다. 순간적으로 그 애가 귀엽게 보였고, 따스한 평화로움 같은 걸 느꼈다.

예쁜 모닥불이 타닥타닥 소리 내며 타오르고 있었다. 노란 불꽃이 따스한 온기를 퍼뜨려서 손도, 얼굴도, 가슴도 따스해졌다. 그런 시간이 어묵 씹는 소리와 함께 째깍째깍 흘러가고 있었다. 아빠도 지금 저 애를 본다면 기뻐하시겠지, 하는 생각이 들었다.

멍청이 같은 공상이지만, 그런 분위기에서 곧장 내 방으로 이동할 수 있었으면 좋았을 텐데…… SF영화나 코미디 만화에서처럼, 그렇게 마무리되었더라면…… 그래서 그 느낌과 기분과 마음만 간직하게 되었더라면……

그러나 삶은 만화도 SF영화도 아니다. 안타깝고 억울하게도 모닥불 같았던 평화는 10분도 안 되어 깨져버렸다.

아이와 눈을 맞추려고 다시 애쓰기 시작했을 때였다. 혹시 내 행동을 이상하게 여길까 싶어 눈치를 살피느라고 힐끗 보니, 마침 아주머니가 오른쪽으로 고개를 돌리며 오만상을 찌푸리는 게 보였다.

순간, 나는 나 때문인가 하여 바짝 긴장했다. 하지만 아주머니는 나를 지나쳐 그 너머로 쏘는 듯한 눈길을 던지고 있었다. 슬그머니 돌아보니 저쪽에서부터 한 남자가 휘청거리며 걸어오고 있었다. 한눈에 취한 사람임을 알 수 있었다.

"어휴, 저 귀신!"

표정이 완전히 사납게 바뀐 아주머니가 말했다.

"오늘은 아침부터 계속 지랄이네, 지랄!"

아주머니가 다시 말했다.

나는 새로 뽑은 어묵을 재빨리 한입에 다 집어넣고 약간 옆으로 비켜났다. 그러면서 그 남자가 이전에 보았던 그 아저씨라는 걸 알아보았다.

바로 그 순간, 갑자기 귀를 찢는 듯한 비명이 들려오기 시작했다. 깜짝 놀라서 돌아보니 그 애였다. 그 애는 아저씨를 바라보면서 계속 비명을 질렀는데, 순식간에 얼굴이 시뻘게졌다. 아이의 비명은 소름이 돋게 했다.

"왜 이리 와, 또?"

아줌마가 황급히 높은 의자에서 내려오며 외쳤다.

"취했으면 그냥 자빠져 자지 뭐 하러 여길 와? 애가 싫어하잖아. 안 보여?"

아주머니는 가까이 다가온 아저씨의 손목을 잡았다. 그러고는 골

156

목 쪽으로 끌고 가려고 했다. 그러나 아저씨는 한껏 버텼다.

"아니, 이 마누라가 이거 왜 이래. 내가 뭘 어쨌다고."

잠깐 사이에 아이들과 어른들이 여러 명 모여들었고, 아이는 그때까지도 소리를 지르고 있었다. 그러나 처음 소리를 지를 때와는 달랐다. 처음엔 높은 소리를 길게 냈으나, 지금은 4, 5초 소리치고 잠깐 쉬는 식이었다. 그래서 마치 장난을 하고 있는 것 같았다.

아저씨가 골목으로 모습을 감추자 아이가 비명을 멈췄다. 아이는 다시 떡볶이와 김밥을 먹기 시작했다. 그러면서 나를 보고 히죽 웃었다.

나는 당황하여 눈길을 피했다가 다시 보았다. 아이가 여전히 웃고 있었다. 젖먹이 아이의 얼굴에서 볼 수 있는 그런 웃음이었다. 나는 어색하게 살짝 웃어주었다. 그러나 내가 던진 웃음에 대한 반응은 없었다.

나는 어묵 값을 왼쪽 판때기 위에 놓았다. 떠날 생각이었다. 더이상 거기에 있고 싶지 않았다. 불쾌하고 불편한 감정들이 되살아나 뒤얽히면서 조금 전의 편안했던 느낌은 온데간데없이 사라져버렸다.

나는 포장마차 차양 밖으로 나오기 위해 고개를 약간 숙였다. 그러나 그때 골목 안쪽에서 욕설과 함께 아저씨가 모습을 나타냈고, 이어서 아이가 다시 날카로운 비명을 지르기 시작하는 바람에 흠칫하며 멈췄다.

그럴 줄 알았다는 듯이 구경하던 애들이 길길댔다. 아저씨가 성큼성큼 다가오자 아이는 더 크게 소리를 질렀다. 나는 소름이 돋은 채 그 자리에 그대로 서 있었다.

"철이 아빠!"

아주머니가 골목에서 뛰어나오며 소리쳤다. 아주머니는 뛰어오면서 계속 소리쳤다.

"철이 아빠! 제발 좀 그만해, 제발! 애 좀 그만 괴롭혀!"

그러나 아저씨는 무표정했다. 아주머니가 따라잡아 손목을 붙잡자 바로 뿌리치며 땅바닥에 내동댕이쳤다. 아주머니는 억 소리를 내며 쓰러졌다.

아저씨가 성큼성큼 다가왔다. 나는 옆으로 몇 걸음 비켜섰다. 아이는 더 크게 소리를 질렀다.

"이놈! 조용히 못해! 조용히! 뚝!"

아저씨가 소리쳤다. 그러나 아이는 계속 소리를 질렀다.

"이놈이!"

아저씨는 손바닥으로 아이의 엉덩이를 때리기 시작했다. 아이는 도망칠 생각은 하지 않고 얼어붙은 듯이 서서 귀가 찢어질 것 같은 비명만 질러댔다.

주변을 둘러보았다. 아이들이 잔뜩 몰려들어 있었다. 흥미진진해하는 얼굴들이었다. 어른들도 몇 사람 있었지만 팔짱을 끼고 구경만 했다. 그들에게도 아저씨에게도 화가 났다. 한순간에 시뻘건 불길이 내 머리 꼭대기로 치솟았다. 나는 뛰듯이 아저씨에게로 다가갔다.

"아저씨" 하고 나는 아이의 엉덩이를 때리는 아저씨의 팔을 붙잡았다.

"이 마누라쟁이가!"

아저씨가 외치며 숙였던 상체를 벌떡 일으켰다. 내가 아주머니인 줄 안 것이다. 나를 본 아저씨의 얼굴이 순간 멍해졌다. 하지만 곧 험악하게 인상을 찌푸렸다.

"넌 뭐야? 뭐야, 이 새끼야?"

아저씨가 거칠게 뿌리쳐 잡힌 팔을 빼내며 말했다.

'그만하세요' 하고 말하려고 했으나 입이 열리지 않았다.

"야, 너도 내가 우습게 보이냐?"

아저씨가 생각났다는 듯이 재빨리 말했다.

"아니, 그……"

"아니긴 뭐가 아니야 자식아. 이것들이 정말."

아저씨가 갑자기 두 손으로 내 바람막이 점퍼를 움켜잡았다. 잠깐 주춤하던 아이가 다시 비명을 질러댔고, 내 심장은 터질 듯이 뛰었다. 아줌마가 뭐라고 외치는 소리가 들렸다. 그러나 귀가 왕왕거려 무슨 소리인지 알 수가 없었다.

뿌앙뿌앙, 하고 자동차 경적 소리가 났다. 돌아보지 않고도 무지개 놀이학교의 노란 승합차라는 걸 알 수 있었다. 은은하고 귀엽게 들리는 독특한 경적 소리 때문이었다.

그 소리를 들으니 어쩐지 안심이 되었다. 아저씨도 그 소리를 듣고 내 얼굴 너머 뒤편으로 눈길을 던졌다. 그러나 여전히 내 멱살을 움켜쥐고 있었다. 뿌리치고 빠져나갈까 말까 하는 찰나 아주머니가 외치는 소리가 들려왔다.

"이리 와, 철이야. 어서!"

나는 옆으로 몇 걸음 옮기며 몸을 비틀었다. 철이를 향해 손짓하는 아주머니와 막 차에서 내리는 지난번의 그 여자가 보였다.

아이가 비명을 뚝 그쳤다. 대신 뭔가가 떨어지며 깨지는 소리가 났다. 아이가 그릇을 떨어뜨려 깨뜨린 것 같았다. 아이는 아주머니 쪽으로 뛰어가 아주머니를 쓰러뜨릴 것처럼 부딪쳤다. 녀석은 자세를 잡고 돌아서더니 아저씨를 향해 혀를 쏙 내밀었다. 구경하던 아이들이 와 하고 웃음을 터뜨렸다.

"안녕하세요, 선생님?"

아이가 머리를 길게 한 가닥으로 묶은 젊은 여자에게 인사를 했다. 조절이 안 되어 툭 불거지는 소리였다.

"한철이, 안녕하세요?"

젊은 여선생님의 목소리는 부드러웠다.

지난번과 꼭 같았다. 아이가 비명을 지르지 않았고, 아저씨가 행패를 부리지 않았고, 몰려들어 구경하는 사람들이 없고, 내가 아저씨에게 멱살을 잡혀 있지 않다면 아무런 차이도 없을 것 같았다.

젊은 여선생님이 우리 쪽을 물끄러미 보았다. 그러더니 곧 차에 올랐다.

"저리들 가라! 어서! 저리들 가!"

아주머니가 몰려든 아이들을 보고 소리쳤다.

고개를 돌리고 있던 아저씨가 다시 나를 보았고, 나는 떨면서 말했다.

"이거 놔주세요."

"못하겠다, 이놈아! 어쩔래?"

아저씨가 더 세게 멱살을 쥐었다. 나는 가쁘게 숨을 쉬었다. 얼음과 불처럼, 무서움과 분노가 내 속에서 소용돌이치고 있었다. 다시 내 머리 꼭대기로 불꽃이 확 치솟았다. 나는 아저씨의 손목을 잡고 획 비틀며 뿌리쳤다. 단번에 아저씨가 나가떨어졌고, 점퍼 깃이 뿍 소리를 내며 뜯겼다. 나는 희열감을 느꼈고, 더더욱 화가 치밀었다. 그를 마구 두드려 패주고 싶었다.

"어이쿠, 이놈이 사람 치네. 이 새끼가. 너, 너 누구야? 뭐야, 인마?"

아저씨는 노인처럼 끙끙 소리를 내가며 힘겹게 일어났다. 그러고는 나를 노려보며 휘청거렸다.

"누군지 말하라니까! 네가 뭔데 끼어들어?"

'내가 누구냐고요? 아저씨는 우리 아빠가 누군지 아세요?'

"야! 이것 봐. 야!"

아저씨가 갑자기 왈칵 다가서며 내 한쪽 어깨를 손바닥으로 떠밀었다. 나는 주저앉을 뻔하다가 간신히 자세를 잡았다.

"하지 마세요."

입술이 떨리고 한쪽 볼이 씰룩거리는 게 느껴졌다.

"뭐라고?"

아저씨가 가소롭다는 듯 말한 순간 아주머니가 외쳤다.

"그만해, 그만! 왜 애먼 사람한테 지랄이야 지랄이. 아이구, 이 불쌍한 인간아. 어서 집에 들어가, 어서!"

아주머니가 계속해서 갖은 욕설을 퍼부어대자 아저씨는 휘청거리며 포장마차로 가더니 바로 접시 몇 개를 집어서 바닥에 내동댕이쳤다. 플라스틱 그릇이어서 깨지지 않고 럭비공처럼 이리저리 제멋대로 통통 튀었다. 구경하던 아이들이 킬킬대며 서로 접시를 잡으려고 했다.

"빌어먹을! 애새끼나, 마누라나! 빌어먹을 것들!"

아저씨가 소리치며 계속 접시를 던졌다.

젊은 경찰 두 사람이 나타났다. 한 사람은 약간 웃고 있었다.

"또 왜 이러세요, 아저씨?"

눈가에 웃음을 머금은 경찰이 말했다.

"진정하세요, 아저씨."

다른 경찰이 아저씨를 붙잡았다. 아저씨는 못 이기는 척하고 접시 던지던 일을 멈췄다. 그러더니 갑자기 나를 가리키며 소리쳤다.

"저 새파란 놈이 나를 쳤어."

나는 그 말에 깜짝 놀랐고, 화가 났으며, 두려웠다.

한 경찰이 시뻘건 얼굴로 식식대는 아저씨를 옆으로 데리고 갔다.

"아주머니는 어서 여기 치우세요."

눈가에 웃음을 머금은 경찰이 하얀 플라스틱 그릇들이 나뒹구는 것을 보며 말했다.

"역시 깨지는 건 하나도 안 던졌네."

그가 다시 웃으며 말했다.

"아, 저 새끼가 나를 쳤다니까. 아이고!"

얼굴이 시뻘게진 아저씨가 다시 큰 소리로 말했다. 그는 갑자기 발목을 잡고 아픈 시늉을 했다.

"고등학생이니?"

눈가에 웃음을 머금은 경찰이 내게 다가오더니 물었다.

"아뇨. 중학생요."

"어떻게 된 거야? 왜 싸웠어?"

나는 당황해서 얼굴이 달아올랐다.

"싸운 거 아니에요. 갑자기 그 애가……"

나는 마치 그 애가 아직 근처 어딘가에 있기라도 한 것처럼 주위를 두리번거렸다.

"소리를 질렀어?"

경찰이 끼어들며 말했다. 이미 그런 소동을 여러 번 겪은 게 분명했다.

"네."

"너한테?"

"아뇨."

"그럼?"

나는 뭐라고 대답해야 할지 몰라 갑갑했다.

"아, 저 새끼가 나를 쳤다니까. ××!"

그때 그 애의 아버지가 또다시 소리쳤다. 그는 나에게 다가올 기세였다.

"알았어요 아저씨, 알았으니까 아저씨는 가만히 계세요. 그리고 욕 좀 하지 마세요. 아셨어요?"

그 곁에 있던 경찰이 말했다.

"난 치, 치지 않았어요."

나는 당황해서 내 앞에 서 있는 경찰에게 더듬거리며 말했다.

무슨 뜻인지 그가 "휴!" 하고 길게 한숨을 내쉬었다. 내 말을 믿는다는 건지 아닌지 알 수가 없었다. 나는 나를 도와주기를 바라며 아주머니를 바라보았다. 아주머니는 흐트러진 음식들을 정리하고 있었다. 마치 아무 소리도 들리지 않고 아무것도 보이지 않는 것처럼 무관심하게 자기 일만 하고 있었다.

나는 다시 내 앞에 선 경찰을 바라보았다. 어디서부터 설명해야 할까? 퍼뜩, 비명을 지르던 그 애가 떠올랐다. 나도 그렇게 소리를 질러주고 싶었다. 그러다가 그 애처럼 혓바닥을 내밀어 '엿'을 먹여주는 것이다.

잠시 활동을 멈췄던 아저씨가 마치 폭발 직전의 화산처럼 뜨거운 독가스를 뿜어내기 시작했다. 그는 다짜고짜 지구대로 가자고 하더니 순찰차로 휘청휘청 걸어가 문을 열려고 했다.

"아니, 오늘은 왜 이렇게 길게 끄세요? 그냥 여기서 끝내고 들어가서 한숨 자세요."

경찰이 막아서며 말했다.

"안 돼. 가야 돼. 가서 누가 잘했는지 따져보자고."

"그러세요, 그럼. 그게 소원이라면."

경찰이 그렇게 말하더니 우리 쪽을 보며 웃었다.

"저놈도 함께 가야 돼. 저놈도."

아저씨가 나를 가리키며 휘청거렸다.

"네, 네. 알았습니다. 알았어요."

경찰이 목소리를 높여 말했다. 그러고는 내 곁에 있는 경찰에게
뭐라고 손짓을 했다.

"자, 우리도 가자."

그가 내게 말했다.

"네? 제가 왜요?"

"저 아저씨가 저러니 어쩌겠냐?"

퍼뜩 떠오른 게 있었다.

"제 옷 찢어진 거 보세요. 난 그저 어묵을 사 먹었을 뿐이에요."

경찰이 고개를 끄덕였다.

"대충 짐작이 가니까, 일단 가서 얘기하자. 그래야 여기가 정리
될 것 같으니까."

"아주머니!"

내가 부르자 아주머니는 힐끗 보고 바로 외면했다.

"아주머니가 다 보셨잖아요."

다시 말했으나 아주머니는 아무 말이 없었다. 분노가 치밀며 눈물이 나오려고 했다. 얼굴에서 핏기가 가시는 게 느껴졌다.

나는 다시 미친 듯 소리를 지르던 그 애의 시뻘건 얼굴과, 그래놓고는 한순간에 그치고 자기 아빠를 향해 혀를 쏙 내밀던 모습을 떠올렸다. 나야말로 '엿'을 먹은 것 같았다. 억울하게도 나는 구경거리에 굶주린 동네 아이들의 먹이가 되어 있었다. 학교 창고에 불이 났을 때처럼, 그 애들은 어서 더 활활 타오르기를 고대하고 있는 것 같았다.

나는 순찰차의 뒷좌석 오른쪽에 앉았다. 그 애의 아빠는 왼쪽에 앉았고, 경찰이 가운데에서 우리 둘을 갈라놓았다. 눈웃음을 짓는 그 경찰은 입을 꾹 다물고 있던 아저씨가 다시 독가스를 뿜으려고 하자 버럭 소리를 질렀다.

"아, 그만하세요! 이 아저씨가 정말 보자보자 하니까. 도대체 하루가 멀다 하고 왜 이러세요? 우리가 뭐 아저씨 술주정 뒤처리해주는 사람인 줄 아세요? 제기랄! 하나는 술주정하고, 하나는 소리지르고, 하나는 신고하고, 도대체 뭐 하자는 거야? 자꾸 이러시면 철창 안에 가둘 겁니다. 아시겠어요?"

아저씨는 활짝 열려고 하던 화산 아가리를 재빨리 닫았다. 그러고는 좌석 등받이에 퍽 소리가 나게 자기 머리를 내던지더니 금세 코를 골며 잠들어버렸다.

무전기가 띠리릭 소리를 냈다. 연달아 그러거나, 잠깐 뜸하다가 다시 띠리릭 소리를 냈다. 그 소리와 아저씨가 코를 고는 소리가 마치 어떤 시합이라도 하고 있는 것 같았다. 그 괴상한 이중주에 한참 귀를 기울이고 있으니까 자기 아빠에게 '메롱!' 하고 혀를 내밀던 그 애의 천진난만한 얼굴이 또다시 떠오르면서 나도 모르게 슬며시 웃음이 나왔다. 그러면서 조금씩 긴장이 풀렸고, 두려움과 억울한 마음도 많이 가라앉았다.

16

지구대 도착.

한철이 아빠가 깨지 않아서 순찰차 안에 그냥 두고, 두 경찰과 나만 지구대 안으로 들어갔다. 두 경찰은 지구대 대장과 다른 경찰에게 한철이 아빠 얘기를 하면서 웃음을 터뜨렸다. 지구대 대장이 눈웃음 짓는 경찰에게 쟤는 누구냐며 나를 가리켰다. "별거 아닙니다. 저 아저씨가 맞았다고 우겨서 함께 왔어요. 일단 거기를 정리해야 해서요." 그가 대답했다.

지구대 도착 3분 뒤.

소파에 앉아서 눈웃음 짓는 경찰이 준 종이컵 녹차를 마셨다. 그가 물어서 내 휴대폰 번호와 학교를 얘기해주었다. "별거 아니라면서 왜 그냥 안 보내주는 거예요?" 나의 물음에 그가 대답했다. "어

쨌든 저 아저씨가 주장하는 게 있고, 그래서 여기까지 왔으니까. 걱
정 마. 형식적인 거니까."

지구대 도착 7분 뒤.
순찰차가 출동해야 해서 지구대 대장, 또 다른 경찰, 나를 실어
나른 두 경찰, 이렇게 네 명이 차에서 자고 있는 한철이 아빠를 지
구대 안의 소파로 옮겼다. 한철이 아빠는 코를 고는 시체처럼 보였
다. 나는 지구대에 남은 눈웃음 짓는 경찰에게 바깥 화단 앞에 있겠
다고 하고 허락을 받았다.

지구대 도착 11분 뒤.
사진작가 아저씨한테서 전화가 왔다. "카페로 놀러 와"라고 할
줄 알았더니 "괜찮아?" 하고 말했다. "뭐가요?" 하고 내가 묻자
"거기 있는 거 알아. 괜찮은 거지?" 하고 말했다. "네" 하자 "알았
어. 지금 가고 있으니까 기다려"라고 했다. 순간, 오지 말라고 하려
고 했으나 전화가 끊어졌다. 어떻게 된 거지? 내 휴대폰 번호와 학
교 이름을 가르쳐줬을 뿐인데.

지구대 도착 15분 뒤.
다시 사진작가 아저씨의 전화가 왔다. 엄마한테 연락을 받았다고
이실직고를 했다. 그것으로 의문이 풀렸다. 경찰이 엄마의 전화번
호를 알아서 연락했고, 엄마가 사진작가 아저씨에게 연락한 것이

다. 그런데 경찰 아저씨는 왜 처음부터 "부모님 전화번호를 대!"라고 하지 않았을까? 사진작가 아저씨의 또 다른 이실직고가 이어졌다. 그 애에 대해서 내가 한 말을 그동안 모두 엄마에게 바로바로 전했다는 얘기였다. 어느 정도 그럴 거라고 짐작한 거기 때문에 별 느낌은 없었다. 나는 '철이 문방구' 앞에서 있었던 화산 독가스 분출과 사이렌 소리, 즉 그 애의 비명에 대해서 얘기해주었다. "알았다. 고마워, 얘기해줘서. 기다려." 아저씨가 말했다.

지구대 도착 16분 뒤.
내가 도망치지 않았는지 보려고(?), 눈웃음 짓는 경찰이 네번째로 문을 열고 나왔다. 그는 나를 보고 두 눈이 완전히 감기도록 웃었다(소리는 내지 않고).

지구대 도착 17분 뒤.
심심함과 잡념과 약간의 초조감 그리고 그 아래에 잠복해 있는 시커먼 불안감과 혼란스러움을 잊기 위하여, 민혜, 수정, 승호와 무차별적인 문자를 개시했다. 셋 모두에게서 전화가 왔으나 통화는 민혜하고만 했다.

지구대 도착 31분 뒤.
순찰 나갔던 차가 돌아왔다.

지구대 도착 34분 뒤.

순찰차가 다시 출동했다.

지구대 도착 39분 뒤.

중구난방 사각 문자질을 종료했다.

지구대 도착 44분 뒤.

검은 SUV를 타고 양복을 입은 사진작가 아저씨가 도착했다. 아저씨는 나를 보고 몹시 만족스럽다는 표정으로 웃더니(왜지?) "기다려" 하고 말하고는 안으로 들어갔다.

지구대 도착 55분 뒤.

하얀 택시를 타고 점심 때 보았던 하늘색 투피스 차림의 엄마가 도착했다.

엄마는 천천히 걸어와 내 앞에 섰다.

"괜찮니?"

엄마는 평소의 표정과 말씨였다.

"응."

엄마가 나를 그윽이 바라보았다.

"녀석, 네가 이렇게 엉뚱한 애인 줄 내가 어떻게 알았겠니!"

"내가 뭐 엉뚱하다고……"

엄마는 경찰관과도 통화를 했고, 사진작가 아저씨한테 늘은 얘기도 있어서 다 안다고 했다.

"알아봤자 얼마나 안다고."

그 애의 맑디맑은 웃음에서부터 "안녕하세요?" 하고 말할 때의 이상한 목소리와, 다가오는 공포를 경고하는 듯한 소름 끼치는 비명과, 그런 다음에 천진난만하게 내미는 혓바닥, 그리고 그 애 엄마와 아빠의 불쌍하고 짜증나는 모습까지…… 엄마는 아무것도 모른다. 그런 것들보다 훨씬 더 복잡한, 뭐가 뭔지 나도 잘 알 수 없는 내 마음은 더더욱 모른다.

"그러니까 네가 다 얘기해줘. 어제 약속했지? 그 비밀이 이거 아니니?"

'이거'가 뭔지 정확하지 않았지만 어쨌든 얘기는 통했다. 엄마는 뭔가 한마디 더 하려고 하더니 내 머리를 쓰다듬고는 안으로 들어갔다.

지구대 도착 57분 뒤.
순찰차가 서로 욕을 퍼부어대는 두 아저씨를 태우고 돌아왔다.

지구대 도착 1시간 13분 뒤.
지구대 간판과 외등에 불이 들어왔다.

지구대 도착 1시간 16분 뒤.
반쯤 문을 열고 엄마가 나를 불렀다.

안으로 들어가니 경찰 몇 분이 앞쪽으로 나와 있었다. 눈웃음 짓는 경찰은 아직도 싸우고 있는 두 아저씨를 상대하고 있었다.

"인사 드려. 한 분 한 분."

나는 엄마가 시키는 대로 경찰들에게 인사를 했다.

지구대 대장님이 내 손을 잡았다.

"잘 지내라. 네 아빠처럼 씩씩하게 지내. 엄마 말씀 잘 듣고, 공부 열심히 하고."

그는 계속 내 머리를 쓰다듬었다. 내가 탔을 때 순찰차를 몰았던 경찰도 나를 보고 활짝 웃었다. 눈웃음 짓는 경찰이 욕설을 퍼부어대는 두 아저씨에게 고함을 질렀다.

"조용히 해요, 조용히!"

우리가 밖으로 나오자 경찰 아저씨들이 입구 바깥까지 따라 나와 우리를 배웅해주었다. 한철이 아빠는 그때까지도 소파에 길게 드러누워, 경찰 아저씨가 덮어준 하늘색 담요 아래에서 코를 골며 자고 있었다.

"너 참 재주도 좋네."

달리는 사진작가 아저씨의 차 안에서 엄마가 말했다.

"내가 뭐?"

"그 사람들은 어떻게 찾았니?"

"그 사람들이 확실해?"

"응. 경찰 아저씨한테 자세히 들었어. 네 아빠 얘기도 하고, 그 사람들에 대해서도 듣고 그랬어."

서늘한 물안개 같은 것이 가슴에 피어올랐다. 그건 실망감이었다. 그들이 아빠가 구해낸 그 애와 상관없는 사람들이기를 바라는 마음이 아직도 내게 남아 있었던 것이다.

"오늘 처음 본 거니?"

엄마가 물었다.

"아니. 두번째야."

엄마는 잠시 생각에 잠겼다.

"나한테 자꾸 묻더니…… 이제 어떠니?"

이번엔 내가 잠시 가만히 있었다.

"모르겠어. 오락가락해."

"무슨 뜻이니?"

"몰라. 그냥 혼란스러워. 화가 나기도 하고, 우습기도 하고, 정말 오락가락이야."

엄마는 더 이상 말하지 않았다.

우리는 침묵 속에 한참 달려갔다. 거리는 이제 휘황한 불빛들로 가득했다. 쌩쌩 달리는 자동차도, 상점 간판도, 가로등도 모두 눈부신 불을 켜고 있었다. 모두가 잿빛 어둠과 싸우고 있었다.

"왜 아빠와 결혼했느냐고 했지?

갑자기 엄마가 입을 열었다. 엄마는 내 반응은 기다리지 않고 말을 이어갔다.

"결혼하기 전이었는데, 네 아빠가 근무하는 소방서를 찾아간 적이 있어. 예고 없이 그냥 갔지. 놀라게 해주려고. 가끔 그랬어. 그러면 본인도 좋아했고, 동료 소방관들도 참 잘해주었거든. 그런데 그날은 마침 아빠가 화재 진압을 하고 막 돌아온 뒤였어. 저녁이었는데, 정말 지친 모습이더구나. 그을음이 묻은 번들거리는 지친 얼굴로 환하게 웃었지. 그런데 정말 아름다워 보이더라. 난 그때 남자가 아름다워 보일 수도 있다는 걸 처음 알았어. 뭐랄까……"

엄마가 말을 고르느라 잠시 멈추자, 때맞춰 아저씨도 차의 속도를 늦췄다.

"순수한 전쟁을 치르고 온 사람…… 순수한 투쟁에서 이기고 돌아온 순수한 남자…… 그런 느낌이었어. 지친 얼굴에 떠오른 웃음이 그렇게 선해 보일 수가 없었어."

엄마는 가만히 한숨을 쉬었다.

"네가 어느 정도 이해할지 모르겠지만, 사람들이 싸우는 건 뭔가를 얻기 위한 거고, 싸우는 대상은 대부분 다른 사람들이야. 우리가 인생이라고 하는 게 그런 것인지도 몰라. 끝없이 다른 사람들과 싸우는 과정. 하지만……"

엄마의 목소리에 힘이 들어갔다.

"불과 싸우는 소방관들은 달라. 다른 사람을 이겨서 뭔가를 얻기 위한 게 아니라는 거야. 다른 사람들의 재산과 생명을 구하긴 하지. 하지만 그게 자신을 위한 건 아니야. 소방관들은 불과 싸우지 사람들과는 싸우지 않아. 때로 목숨을 걸고서 싸워. 그날 난 그런 싸움을 하고 돌아온 네 아빠를 봤어. 진짜로 순수한 전사 같았지."

내내 앞쪽을 보고 있던 엄마가 처음으로 나를 바라보았다.

"그래서 결혼했어."

엄마가 웃으며 말했다.

나는 시뻘건 불과 싸우는 아빠를 생각했다. 아빠가 그 애를 보면
어떤 마음일까? 그 애의 부모에 대해서는 또 어떤 마음일까? 나처
럼 실망하고 화를 내실까? 엄마 말대로 아빠가 순수한 전사라면,
자신이 불과 싸우며 구해낸 그 애가 이렇게 한참 자라 있는 걸 보면
무조건 기뻐하지 않을까? 그렇기를 나는 빌었다. 하지만 반드시 그
럴 거라고 믿을 수는 없었다.

엄마는 상가 앞에서 내려 화장품 가게로 들어갔다. 몇 가지 처리
를 해놓고 식당으로 오겠다고 했다. 아저씨는 우리가 가끔 가는 추
어탕집 앞에 차를 댔다.

"두 사람 정말 멋진 것 같지 않니?"

아저씨가 시동을 끄고 말했다.

"누구요?"

"네 아빠하고 엄마 말이다. 그 얘기는 나도 처음 들었어."

나도 엄마의 말이 마음에 들었다. 그러나 아저씨에게 내 마음을
딱 꼬집어 말하기가 어려웠다. 그래서 고개만 끄덕이고는 다른 쪽
으로 얘기를 돌렸다.

"그 애 말이에요."

"응."

"자폐예요."

"경찰 아저씨한테서 들었다."

"아빠가 지금 그 애를 보면 기뻐하실까요?"

아저씨는 잠시 가만히 있었다.

"난 그럴 거라고 생각하는데, 넌 어때?"

"저도 그럴 거라고 믿고 싶어요. 엄마 얘기를 듣고 나니까 분명히 그럴 것 같기도 하고요. 하지만 솔직히 저는 무지무지 실망했어요. 오늘 두번째로 그 애를 보면서 마음이 조금 바뀌긴 했지만. 그애가 웃는 모습이 정말 순하고 선해 보였거든요. 그런데 그걸 그 애아빠가 다 망쳐버렸어요. 화산처럼 폭발해 가지고. 그 애 엄마도 그랬고요."

아저씨는 잠깐 생각에 잠겼다. 그런 다음 상체를 완전히 뒤로 돌려서 웃으며 바라보았다.

"종운아, 무슨 일이건 성급하게 결론을 내리려고 하지 마. 우리가 생각하는 것 이상으로 세상살이는 정말 복잡해. 한 측면만 보고 결론을 내려버리면 진실과 거리가 멀어질 때가 많아. 이건 어른들도 마찬가지야. 어른이 된다고 해서 복잡한 세상일을 잘 이해하게 되는 건 아니야. 어려운 문제일수록 숯을 굽듯이 시간을 두고 천천히 그 의미를 새겨야 해. 이해가 되니?"

"머리도 기분도 뒤죽박죽이어서 빨리 결론을 내릴 수도 없어요."

아저씨가 웃었다.

우리는 차에서 내렸다.

"엄마가 아빠 얘기를 더 일찍 해줬으면 좋았을 텐데 그랬어요."

"무슨 말이니?"

"그냥, 그런 생각이 들어요. 아까 아빠 얘기 듣고 마음이 무지 편해졌거든요."

아저씨는 고개를 끄덕였다.

"네 엄마는 네 아빠 생각으로 늘 마음 한편에 슬픔을 가지고 있어. 겉으로 드러내지 않을 뿐이지. 너에게 그늘을 드리우지 않으려고. 그래서 그런 거니까 이제 네가 이해를 해야 해. 아마 앞으로는 네 엄마가 아빠 얘기를 많이 할지도 몰라. 자주, 많이."

17

일요일, 월요일, 화요일, 틈 날 때마다 엄마에게 그 애 얘기를 들려줬다. 생각날 때마다 하나씩, 엄마가 나와 함께 밥을 먹을 때마다 하나씩, K동 시장에서 감자탕 해장국을 맛있게 먹은 일부터 미친 듯이 경고 사이렌을 울리다가 '메롱!' 하고 혀를 내민 한철이까지. 엄마는 웃기도 하고 우울해하기도 하면서 내 얘기를 들었다.

수요일 저녁부터 밤늦게까지 엄청나게 비가 내렸다. 가을에 좀처럼 보기 어려운 폭우였는데, 천둥번개와 돌풍이 격렬하게 대기를 찢어놓았다.

나는 비가 시작되자마자 베란다에 서서 바깥 풍경을 내다보았다. 유리창이 덜컹거리는 소리와 하수관으로 떨어지는 빗물 소리로 시끄러웠으며, 바깥 허공에서는 물보라기 파도처럼 움식이고 있었다.

왼쪽에서 오른쪽으로, 혹은 오른쪽에서 왼쪽으로, 뿌연 안개 기둥 같은 것이 느릿느릿 왔다 갔다 했다.

어느 순간, 지금 불이 난 곳은 정말 행운이겠다는 생각이 들었다. 빗물이 없다면 잿더미가 될 수도 있을 화재가, 불이 붙자마자 모두 꺼져버릴 테니 말이다. 하지만 어떤 곳에서는, 불을 꺼준 바로 그 빗물 때문에 사람들이 집을 잃고 목숨을 잃을지도 모른다. 사진작가 아저씨의 말대로, 세상은 단순하지 않다.

그 폭우와 돌풍 때문에 아직 때가 되지 않은 많은 아름다운 나뭇잎들이 낙엽이 되어버렸다. 하지만 거친 바람과 빗물에 씻긴 하늘은 더없이 푸르고 맑았다. 하룻밤 사이에 예쁜 잎들을 잃어버린 불쌍한 나뭇가지 사이로 가만히 푸른 하늘을 보고 있으면 내 마음은 절로 평화로워졌다.

한꺼번에 둘 다를 가질 순 없는 게 인생인가 보다.

창고 화재는 노숙자 아저씨의 방화로 결론이 났다. 가끔 창고에 몰래 들어가 잠을 자곤 했다는 그가 불을 지른 것이란다.

너무나 뒤늦은 얘기여서 아이들은 웃긴다는 반응을 보였다. 아이들의 관심은 이미 오래전에 잿더미가 되었으니 당연했다. 그 소식은 잿더미에 물을 뿌리는 꼴이었다. 한철이라면 짧게 한 번 비명을 지른 뒤 웃으면서 혀를 내밀어주지 않았을까?

우습기로 보자면 애들도 마찬가지였다. 들불처럼 타오르다가 순식간에 스스로 잿더미가 되어버린 건 그들 자신이었다. 자신들이 불을 질러댔던 건 잊어버리고 오히려 이러쿵저러쿵 입방아만 찧어 댔다. 나는 짧게 두 번 비명을 지른 뒤 웃으며 혀를 내밀고는 흔들어 대는 한철이를 상상했다.

승호 놈은 자기 말이 맞았다면서 나를 들볶았다. 그러나 민혜는 묘한 눈빛으로 나를 쳐다보기만 했다. 내가 들려준 소방관 얘기 때문일까?

나는 학생이 불을 지른 게 아닌 걸 다행으로 여기며 언젠가 본 노숙자를 생각했다. 그 아저씨는 큰길에서 학교로 통하는 도로에서 구걸을 하고 있었다. 이른 아침이었고, 구걸은 며칠이나 계속되었다. 선생님들이 그 사실을 알고 나타나 쫓아버리려고 하자 노숙자는 휘발유 통처럼 폭발했다. 그는 갖은 쌍욕을 퍼부으면서 손에 집히는 대로 마구 집어던졌다. 아이들이 비명을 지르며 달아났고, 선생님 한 분이 다쳤다. 경찰이 와서 끌고 갔는데 그는 울분에 차서 고함을 질러댔다. 몸 전체가 불덩어리 같았다. 아무래도 그 아저씨가 창고에 불을 질렀을 것 같았다.

토요일, 수업이 끝나고 수정이가 대여섯 명에게 모이라고 하더니 피자를 사주었다. 웬일인가 했더니 이사를 간다고 했다. 원하는 고등학교로 진학하기 위해서였다. 우리는 각자 생각하고 있는 지망 학교를 맞춰보았다. 승호와는 2순위 학교가, 민혜와는 3순위 학교가 같았다. 둘 모두 같은 학교에 배정될 확률은 무척 낮다. 나무와 낙엽처럼, 이렇게 하여 서로 멀어지는 것일까? …… …………

．．．

．．．

9월 어느 날 시작된 나의 여행은 이렇게 끝나가고 있다. 두 달 가까이 그 애를 찾아다니면서 많은 걸 알았고, 즐거웠고, 놀랐고, 힘들었다.

지하철을 타고 버스를 타고 어딘가로 누군가를 찾아가면, 내 마음속에도 똑같은 여행길이 만들어졌다. 그 길 때문에 내가 힘들었고, 그 길 때문에 아직도 힘들지만, 오래오래 간직할 내 마음의 풍경이 될 것이다. '사진을 찍는 건 바깥 사물을 통해서 내 마음을 찍는 것이다'라고 한 사진작가 아저씨의 어려운 말을 조금은 알 것 같다.

그러나 결론을 내리지는 않을 것이다. 세상은 엄청나게 복잡하고, 환하게 햇빛을 받을 때면 자기 뒤에 반드시 까만 그림자를 갖게 된다는 것 외에는……

일주일 뒤 토요일, 사진작가 아저씨의 차를 타고 경기도 산골에 있는 어떤 작은 절을 찾았다. 마음이 거칠어질 때마다 아저씨가 찾는 곳 중 하나라는데, 아담하고 예쁜 곳이었다. 아저씨가 우리 집에 와서 함께 간단한 점심을 먹고 바로 떠났다.

들판은 색깔을 잃어가고 있었다. 산은 여전히 푸르고 알록달록하지만, 빛깔은 이제 선명하지 않았다. 모든 것이 잿빛을 덮어쓴 것 같았다. 하지만 봄이 오면 다시 선명한 초록빛이 돌아올 것이다.

우리는 아저씨의 단골집이라는 시골 동네의 칼국수 집에서 칼국수와 만두를 먹었다. 아저씨 말처럼 '어마어마하게'는 아니었지만 꽤 맛이 좋았다. 칼국수와 만두를 먹은 뒤엔 '엄청나게' 좋은 곳에 가자고 했는데, 그곳은 간판도 출입구도 먼지를 뽀얗게 덮어쓰고 있는 '고향다방'이라는 데였다. 나는 실망한 반면 엄마는 요즘은 간판에 '다방'이라는 말이 들어가 있는 것도 보기 어렵다며 즐거워했다.

다시 차를 타고 달려갔다. 이번에는 엄마가 운전대를 잡았다. 아저씨는 뒷자리 내 옆에 앉아 있었는데, 잠의 요정들이 따스한 모닥불처럼 내 몸의 여기저기에 노곤한 온기를 불어넣고 있을 때 들려줄 얘기가 있다고 했다.

"무슨 얘기요?"

나는 졸지 않은 척하며 얼른 말하느라고 한철이처럼 툭 불거지는 소리를 냈다.

"아저씨의 사연이 뭐냐고 물었지?"

아저씨가 말했고, 정신이 번쩍 든 나는 잠을 털어내기 위해 허리를 똑바로 폈다.

"그런데요?"

"그걸 들려줄게, 지금. 어때?"

"네. 좋아요."

"너한테는 아직 이해가 잘 안 되는 얘기일 수도 있지만 네가 그 애를 찾아내는 걸 보고 들려줘도 괜찮겠다고 생각했어. 네가 나 컸구나 싶어서 말이야."

그러면서 아저씨는 내내 웃으며 담담하게 얘기했지만, 듣고 보
니 슬펐다. 그리고 무서웠다. 하지만 슬프고 무서운 얘기라는 걸
알게 되기까지 나는 내내 까불거리며 이 질문 저 질문을 하며 끼어
들었다.

젊은 시절, 아저씨를 '무지무지+엄청나게+믿을 수 없을 정도로
+불같이' 좋아한 여자가 있었다고 한다. 아저씨는 웃으며 "자기
말로는 나를 죽도록 사랑한 여자였지"라고 했다.

"하지만 난 그 사람의 마음이 그 정도라는 걸 몰랐어. 남의 속이
어떤지는 누구도 알 수 없는 거니까. 그냥 나한테 관심이 많고 꽤
호의적이구나,라고 생각했지."

"아저씨도 그 여자를 좋아했어요?"

"그랬다고 해야겠지?"

"죽도록요?"

아저씨가 웃었다.

"아니, 그건 아니야."

"그럼요?"

"난 그저 괜찮은 사람으로 생각했어. 흔히 하는 말로 사랑이 불
타오르지는 않았으니까. 편안한 친구로 여겼다고 할까? 그게 딱 내
마음이었어. 그 이상은 원하지 않았지. 그 여자도 그런 나를 정말
친구처럼 편하고 스스럼없이 대해줬고."

우리는 들판을 달리고 있었다. 반쯤 잎이 떨어진, 반쯤 헐벗은 이

태리 포플러들이 길가에 쭉 늘어서 있었다.

아저씨는 얘기를 계속했다.

"어느 날, 그 여자가 내게 고백을 하더구나."

아저씨가 말을 멈추고 창밖을 바라보았다.

"뭐라고 고백했는데요?"

내가 묻자 아저씨가 나를 보았다.

"나를 사랑한다고. 편지로. 죽도록 사랑한다고."

아저씨는 다시 창밖으로 눈길을 던졌다.

"난 놀랐지. 전혀 그런 식으로 생각하지 않았으니까."

아저씨는 앞쪽을 보면서 말했다.

그때부터 아저씨는 그 여자가 부담스러워졌다고 한다. 그래서 만나는 걸 피했고, 어느 날 확실하게 얘기해주는 게 옳다고 생각되어 그렇게 말했다고 한다.

"한동안 그 여자 소식을 몰랐어. 마음이 아프고 미안했지만 나로서도 어쩔 수 없었지. 아무리 그 여자가 나를 불같이, 죽도록 사랑한다고 해도 내 마음은 그렇지 않았으니까. 그런데…… 다른 사람을 통해서 소식을 들었는데……"

아저씨는 말끝을 흐리더니 입을 다물었다.

나는 기다렸고, 아저씨는 다시 얘기를 이어갔다.

그 여자는 절망하여 세상을 버리려고 시도했다고 한다.

"그 때문에 건강을 심하게 해쳤어."

아저씨는 극심한 충격을 받았다고 한다.

나도 충격을 받았다. 소름이 돋았고, 무서웠다.

누군가를 사랑하면 그렇게 되기도 하는 걸까?

아저씨는 자신이 잘못한 게 없다는 생각과, 자신 때문에 그 여자가 그렇게 되었다는 죄책감 사이에서 엄청난 고통을 받았다고 한다. 그리고 오랫동안 방황했으며, 누군가를 좋아하고, 누군가로부터 관심을 받는 것이 무서워졌다고 한다. 그러다 보니 점점 혼자 지내게 되었고, 결과적으로 결혼을 할 수 없었다는 것이다.

한동안 침묵이 흘렀다.

"네가 말했지? 사람 속에도 불이 있다고."

분위기를 바꾸려고 아저씨가 밝은 목소리로 말했다.

나는 이상하고 불편한 감정에 젖은 채 가만히 있었다.

"종운이가 그랬어요?"

엄마가 끼어들었다.

"네. 그랬어요. 제가 한 수 톡톡히 배웠죠."

"어떤 뜻이야?"

엄마가 뒷거울로 나를 보며 말했다.

"뭐, 별거 아니야. 학교 창고에 불이 났을 때 그냥 그런 생각이 들었어."

나는 쑥스러워하며 말했다.

"조금 들려줘 봐."

"별거 아니라니까. 그냥, 뭐, 화가 나면 불이 난 것처럼 막 뜨거워지잖아. 미친놈처럼 시뻘게져서 소리도 막 지르고."

"어, 정말 그렇네! 싸늘한 재가 되어 누군가를 막 미워하기도 하고. 네 말대로 미친놈처럼."

엄마가 말하고는 깔깔 웃었다.

"그러고 보면 인생 자체가 불하고 똑같아요."

아저씨도 엄마와 함께 깔깔 웃고 나서 말했다.

"없던 데서 어느 순간 생겨나는 것도 그렇고, 숨 쉬고, 먹고, 자라고, 그러고는 결국 사라지죠."

나는 거기까지는 생각하지 못했다. 내가 생각한 건 그저 화가 나면 불이 붙은 것처럼 된다는 것 정도였다. 아저씨 말을 듣고 보니 정말 그렇다는 생각이 들었다. 태어나고, 자라고, 활활 타오르다가, 점차 사그라지고, 마침내 재를 남기며 사라진다. 그런 뒤엔 무엇이 있을까?

"아! 그러고 보니 우리가 사는 지구 속에도 불이 있네요."

엄마가 말했다.

"어! 정말 그렇네요."

아저씨가 맞장구쳤다. 내가 먼저 그 생각을 하지 못한 걸 아쉬워하면서 나도 속으로 맞장구를 쳤다. 우리에게 빛과 열을 주는 태양도 불이고, 우리에게 물과 공기와 먹을 걸 주는 지구도 불이고, 날마다 빛과 열과 물과 공기와 먹을 걸 취하는 우리도 불이다.

엄마와 나는 아저씨의 설명을 들으며 절을 구경했다. 그리고 사진을 여러 장 찍었다.

어둠이 내리면서 별들이 하나둘 나타났다. 우리는 별을 보기 위해 여관 옥상에 올라갔다. 별들이 정말 선명했다. 시간이 지나자 별들은 순식간에 하늘을 가득 채웠다.

나는 한철이를 생각했다. 그 애도 별을 보면 좋아할지 궁금했다. 나는 그렇기를 빌었다.

그 애를 생각하다 보니 아주머니와 아저씨도 생각났다. 하지만 나는 외면했다. 아무런 감정도 허용하고 싶지 않았다. 한동안은 그 기억에 흙을 덮어두기로 했다. 시간이 지나면 어떤 식으로건 싹이 터 오를 거라고 생각했다.

산골에서의 하룻밤은 좋은 점도 싫은 점도 있었다. 별을 많이 볼 수 있고, 맛있는 산나물을 많이 먹을 수 있는 건 좋았다. 그러나 아궁이에 장작을 직접 땐다는 여관방은 조금 추웠다.

아저씨는 따로 잤고, 엄마와 나는 한 방에서 잤다. 엄마와 천장을 쳐다보며 잠자리에 들기 전까지 보았던 별들에 대해서 이야기했다. 얼마나 멀까, 거기선 무슨 일이 있을까, 하나하나 다 찾아가 볼 수 있으면 좋을 텐데 하고.

살짝 잠이 오려고 할 때 엄마가 팔베개를 해주었다. 그러고는 조금 뒤 살짝 끌어당겨 나를 끌어안았다. 나는 가만히 응했다. 중1 때부터 더 이상 엄마 품에 안기지 않았지만, 진짜 마지막이라고 생각하며 따스한 엄마 가슴에 얼굴을 묻었다.

산골의 아침 공기는 무척 싸늘했다. 그러나 서울과는 비교가 안 될 정도로 맑고 깨끗했다. 아저씨와 엄마와 나는 맨손체조를 하고 마당에서 찬물로 세수를 했다. 손과 얼굴에서 김이 무럭무럭 피어올랐다.

아침 식사 메뉴는 된장찌개였다. 역시 나물 반찬이 많았다. 엄마도 아저씨도 나도 많이 먹었다. 마지막에 디저트로 먹은 가마솥에 끓인 숭늉도 좋았다.

어제 해가 질 때까지 아저씨의 설명을 들으며 꼼꼼하게 살펴본 사찰을 한 번 더 보고, 아저씨가 핸들을 잡은 차에 올랐다. 잠이 부족해서 조금 노곤했으나 기분은 무척 좋았다.

그런데 마을을 벗어나 상쾌하게 달리다가 아저씨가 자동차 라디오를 켰을 때였다. 세상은 결코 단순하지 않고 엄청나게 복잡하다는 걸 다시 한 번 가르쳐주려는 듯이, 어디선가 화재가 발생했다는 뉴스가 들려왔다.

갑자기 차 안의 공기가 싸늘해지는 것 같았다. 누군가가 식어가는 촛농을 나의 온몸에 덮어씌운 것 같기도 했다. 엄마도 갑자기 입을 꾹 다물었다. 그러자 아저씨가 재빨리 라디오를 끄면서 말했다.

"자자, 우리 우울해지지 맙시다."

아저씨는 뒷거울로 엄마 쪽을 힐끗 보았다. 아저씨는 나와도 눈을 맞췄다.

"종운이도. 응?"

나는 정신을 차렸고, 굳어가던 촛농을 깨부숴버렸다.

"네."

나는 아저씨에게 활기차게 대답했다.

아저씨가 모차르트의 시디를 틀었다.

"플루트 협주곡인가요?"

맑고 아름다운 선율이 흐르기 시작하자 엄마가 물었다. 엄마도 순간적으로 어둡게 굳었던 표정을 깨부숴버렸다. 나는 모차르트의 선율에 감싸인 채, 엄마와 아저씨가 띄엄띄엄 나누는 애기를 들으며, 아빠를 생각했고, 소방관 아저씨들을 생각했다.

지금쯤, 그 전사들이 사나운 불과 싸우고 있을 테지? 도끼와 전기톱과 전등, 그리고 헬멧과 장화와 산소마스크와 산소통과 세차게 물이 뿜어져 나오는 소방 호스로 무장한 채.

힘내세요, 아저씨들! 나는 속으로 그들을 응원했다. 괴물들을 무찔러주세요!

나는 머리를 뒤로 기대고 눈을 감았다. 모차르트 선율 속에 빨간 소방차가 이리저리 움직이는 모습이 눈앞을 스쳐갔다. 영상들이 빠르게 떠올랐다.

창문 밖으로 시뻘건 불이 넘실거린다. 연기가 하늘로 치솟는다. 우지끈거리고 펑펑 튀는 소리가 난다. 화염에 휩싸인 건물을 향해 용사들이 전진한다. 건물 옆에서도, 건물 뒤에서도, 건물 지붕에서도, 건물 안에서도 전진한다.

건물 안의 열기는 사람을 잡아먹을 듯하다. 열은 위로 올라간다. 그래서 전사들은 몸을 한껏 숙여야 한다. 땀이 겨드랑이 아래로 흘러내린다. 가슴이 방망이질을 한다. 눈앞에 문이 보인다. 문틈으로 연기가 새어 나오고 있다. 조심해야 한다. 문을 열면 산소가 새로 공급되어 폭발이 일어날 수도 있다.

소방 호스가 물을 뿜어내고, 수증기가 인다. 수증기가 진해서 손도 안 보일 정도다. 검은 연기가 인다. 불길을 통과한 뜨거운 물방울이 떨어진다. 갑자기 붉고 노랗고 하얀 폭발이 일어난다. 불꽃이 천장을 널름거리며 머리를 덮친다. 불의 열차가 지나가도록 급히 몸을 숙인다. 시커먼 연기를 뚫고 불의 진원지를 찾아간다.

이윽고 검은 연기가 잿빛으로 바뀌기 시작한다. 불길이 수증기로 변했다는 뜻이다. 불과의 싸움에서 이기고 있다는 증거다. 불이 죽어간다. 불이 죽어간다. 미쳐 날뛰던 불이 죽어간다. 그리고 마침내 모든 괴물들이 죽는다.

건물이 있던 자리는 빈터가 되었다. 시커먼 벽들, 곳곳의 검은 물구덩이, 플라스틱 타는 냄새, 뒤틀리고 구부러진 파이프들…… 더 이상 괴물은 없다. 용사들이 이겼다. 그러나 모두 재가 되었다.

불의 전사들이 기지로 돌아온다. 얼룩지고 흠뻑 젖은 옷에, 검댕 투성이 얼굴로, 평화와 정적과 아득함이 묻은 얼굴로, 파란 하늘과 하얀 구름과 가볍게 바람에 흔들리는 나뭇가지들을 바라본다. 얼굴에 맑은 미소가 번진다. 그 얼굴을 사랑하지 않을 수 있을까?

엄마가 가만히 미소 짓고 있는 아빠에게 말한다.

"우리 결혼해요."

아빠는 더 활짝 웃으며 엄마의 손을 꼭 잡는다.

차가 멈췄다. 고향다방 앞이었다. 엄마와 사진작가 아저씨가 고향다방 커피를 마시는 동안 나는 주변을 둘러보았다. 볼 만한 건 아무것도 없었다. 그저 그런 가게들뿐이었다. 그러다가 돌아서려고 할 즈음 조그만 잡화 가게 앞에 세워진 빨간 우체통이 보였다.

나는 그 앞에 잠시 서 있었다. 뭔가 할 일이 있는데, 하는 느낌 때문이었다. 그 느낌이 곧 정체를 드러냈다. 가게에서 엽서를 팔고 있었다. 나는 희열감을 느끼며 엽서를 샀다. 한 장을 쓰다 보니 모자라서 두 장을 추가했고, 번호를 매겼다.

그중에서 두번째 엽서는 다음과 같다.

② 민혜야, 그 시장에 가서 내가 감자탕을 사줄게. 정말 맛있어. 인심 좋은 아주머니가 내 주먹만 한 감자도 줄 거야. 추운 겨울에 먹으면 더 맛있을 게 틀림없어. 그리고 그 시장에 가면 술을 사달라고 하는 할아버지를 만나게 될지도 몰라. 그러면 술을 사주자. 왜냐고? 그건 그때 애기해줄게. 그리고 회장님으로 불리는 멋쟁이 할아버지도 만나게 될 거야. 그분이 왜 회장님인지도 그때 애기해줄게. 그분이 계시는 방에는 태극기가 걸려 있고, 자그마한 화분들이 잔뜩 있어. 어쩌면 회장님 친구 할아버지 두 분이 내기 바둑을 두다가 싸우고 있을지도 몰라. 고래고래 소리를 지르면서. 그리고 꼭 불에 대해서 애기해줄게. 알았지? 불! 불! 불! (③번에 계속)

어느 가을날 오후에 우연히 보았던 그 소방관을 생각한다. 그는 소방서 앞 작은 마당가 화단에 걸터앉아 있었는데, 활짝 문이 열린 소방서 안팎이 어수선하고, 그이의 옷이 흠뻑 젖은 데다 얼굴도 땀으로 번들거렸던 걸로 보아, 화재 진압을 하고 돌아온 얼마 뒤였던 것 같다.

그는 노곤한 얼굴을 조금 쳐들고 파란 하늘을 보고 있었는데, 그 얼굴이 무척이나 평화롭고 편해 보였다. 순간, 뭔가가 와락 내 가슴에 몰려들었다. 하지만 잠시 멈칫하고 지나쳐 가는 바람에 그 사람은 내 뒤로 사라지고 말았다. 그러나 그 얼굴의 풍경만은 나와 함께 계속 걸어갔고, 내 속 깊숙이 자리 잡았고, 이 소설 『불』로 자라났다……

여행이 끝나면 언제나 꼭 같은 느낌이 든다. 그것은 내가 끝낸 그 여행이, 무궁무진한 온갖 여로들 중의 단지 하나일 뿐이라는 것이다. 그 느낌은 이렇게도 말할 수 있을 것이다.

'모든 여행은 다 꼭 같다. 가능한 온갖 여로들 중에서 단 하나만 걸을 수밖에 없다는 점에서.'

그 역시 하나의 여행인 이 소설 『불』은, 순직한 소방관 아빠를 찾아가는 한 소년의 여로를 그린다. 그는 궁금해하고, 묻고, 찾고, 기뻐하고, 부딪치고, 두려워하고, 성찰하면서 자신의 여행을 완성한다.

물론, 소년의 여행도 온갖 가능한 여로들 중의 하나일 뿐이다. 하지만 그렇기 때문에 이 세상에 단 하나밖에 없는 그만의 여로이고, 바로 그 점이 진짜로 중요한 것이다……

2010년 어느 봄날,
옛 노래 '모닥불'을 들으며
이상운